デート・ア・ライブ　フラグメント
デート・ア・バレット 7
DATE A LIVE FRAGMENT DATE A BULLET 7

「落ち着いてくださいマジで！」
準精霊（メイド）――緋衣響
「わたくしであれば、即時に射殺していますわ」
精霊（悪役令嬢）――時崎狂三

「正直に言って失望したよ」
準精霊(王子)──蒼
「死ぬのやだやだやだーーーー!」
準精霊(令嬢)──桃園まゆか

「狂三さんが望むなら、
また学生生活でも送りましょうか？」

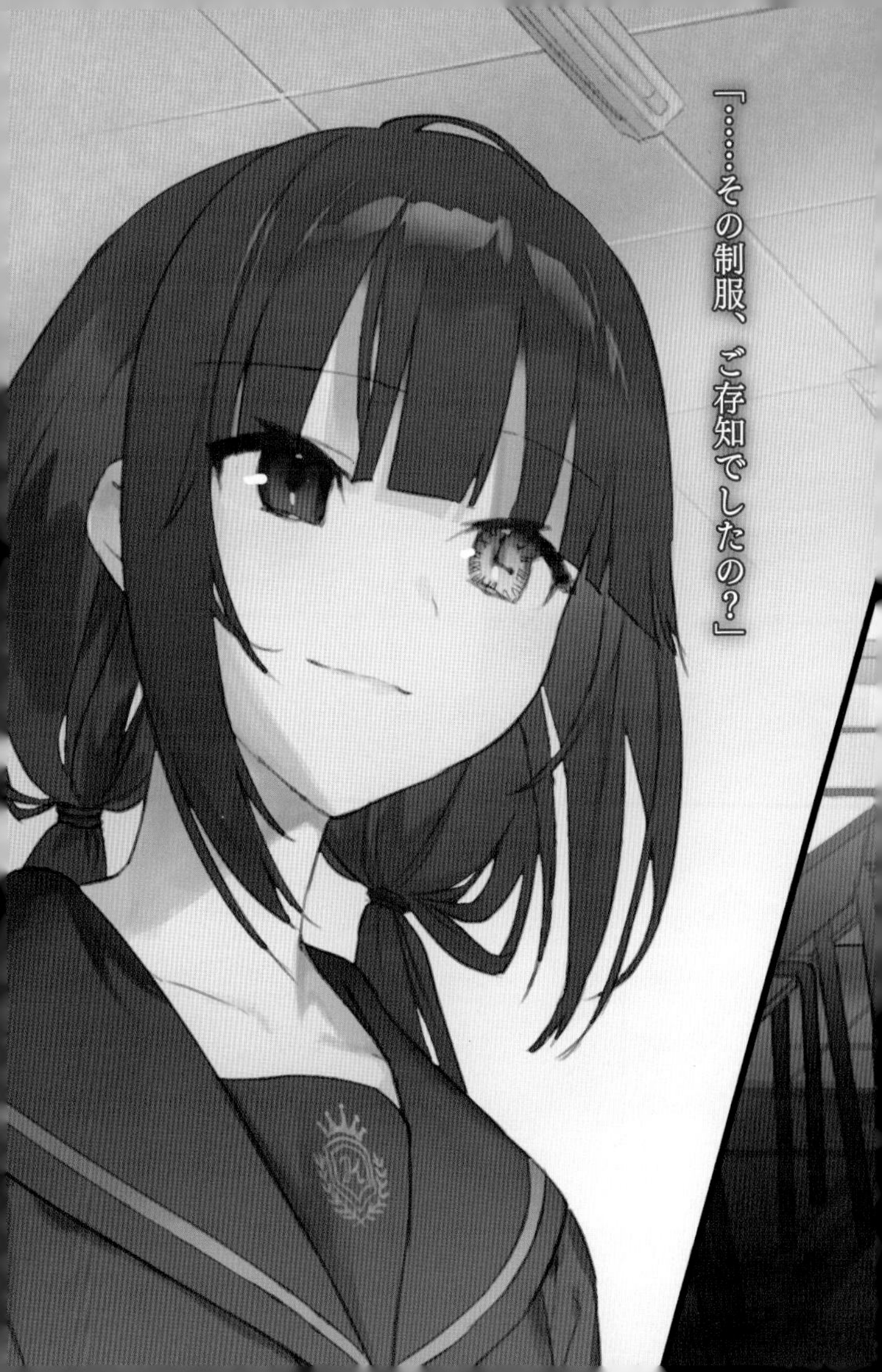
「……その制服、ご存知でしたの？」

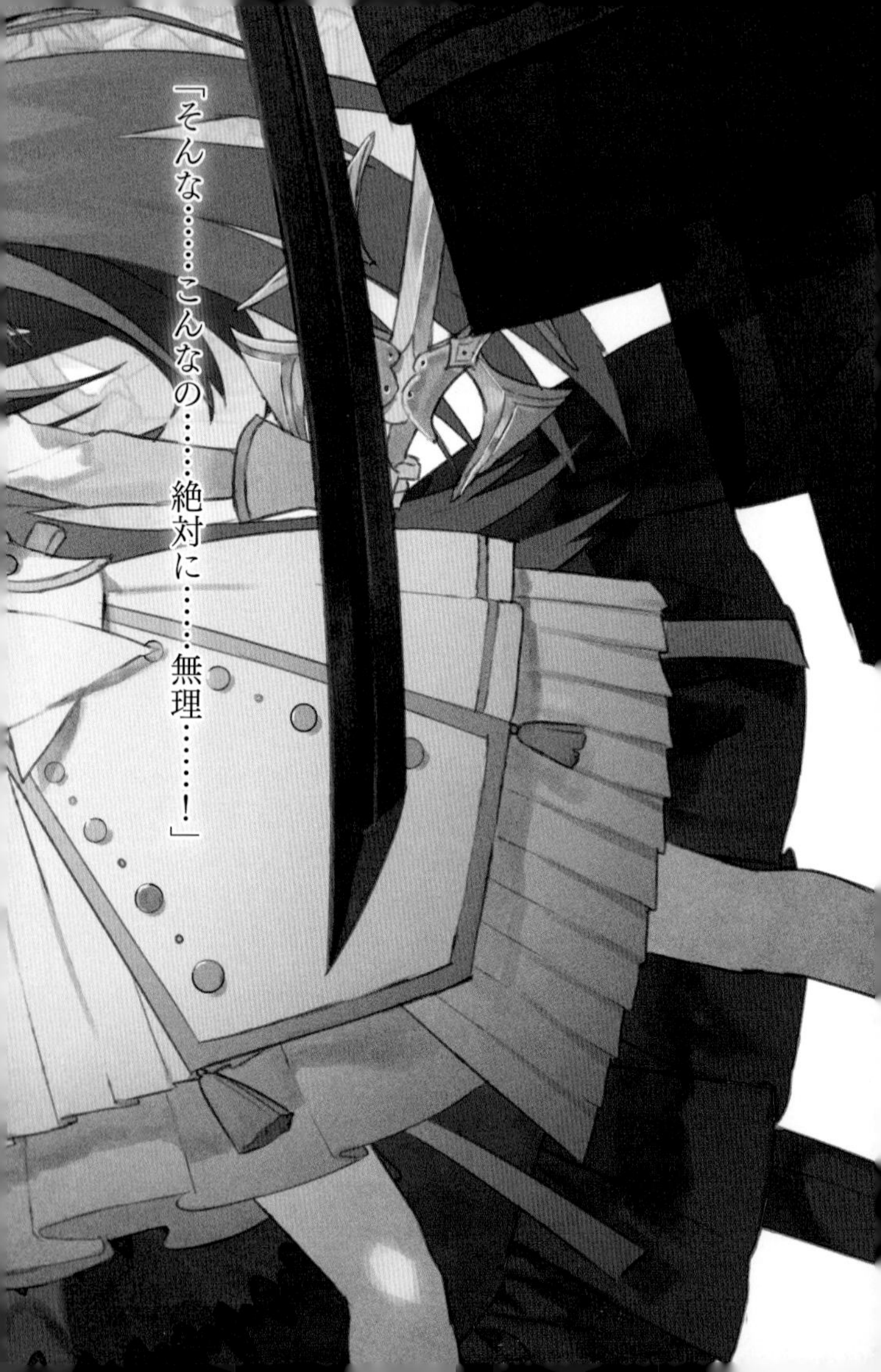
「そんな……こんなの……絶対に……無理……！」

「無理ではありませんわ」

「不安しかない……ないけど、
がんばれ響ちゃん！」

デート・ア・ライブ　フラグメント

デート・ア・バレット7

東出祐一郎
原案・監修：橘　公司

ファンタジア文庫

3027

口絵・本文イラスト　ＮＯＣＯ

穏やかな日々と、穏やかな時間と、穏やかな友情
それを壊したのは、誰だったのか
狂い咲く血煙と、羅刹のような戦争と、冷ややかな激情
それに身を投じたのは、何の為だったのか

救いたかった
世界を救いたかった
晴れやかな栄光に身を包んでいました
正義の味方は心地よかった

でも、もう終わったことです

デート・ア・ライブ フラグメント

デート・ア・バレット 7

DATE A LIVE FRAGMENT 7

SpiritNo.3
AstralDress-NightmareType Weapon-ClockType[Zafkiel]

◯プロローグ

遠い遠い、彼方の話。

茜という単語が、時崎狂三は好きだった。

茜色の夕焼け空を見られるのはほんの一時で、見逃すとその日は何だか無駄遣いをしてしまったような気分になる。

「……起きてください、狂三さん」

だから、親友である山打紗和が、そのことを忘れずに起こしてくれたのは本当にありがたかった。

「紗和さん……」

栗色の長い髪の毛をおさげに束ねた、可愛らしい少女。おっとり穏やか、誰にでも優しく、周囲を和ませる天性の才を持つ少女だった。あと、猫を飼っている。羨ましい、と狂三は思う。

「もう、クラスの皆は帰っちゃいましたので。あまりに気持ちよさそうでしたから、起こすのはちょっと気が引けましたけど」

「いいえ。ありがとうございます」

　紗和の言う通り、教室にはもう狂三と彼女以外誰も残っていなかった。生徒たちは部活動か、さもなくば既に帰宅したのだろう。陸上部がランニング中なのか、掛け声が狂三の教室にまで響いていた。

　温かな時間と、温かな空気。

　言葉は交わすことはなく、その必要もなかった。紗和がよいしょ、と狂三の前の席へと腰掛けて、二人して夕焼けを見る。

　狂三は小さくため息をついて、カバンの中から手紙を引っ張り出した。清潔感のある白い封筒に、手紙が入っている。

　手紙の文字は、目を見張るほどに綺麗という訳ではないけれど。相手が一文字一文字、丁寧に丁寧に書いているのは狂三にも理解できた。

「悩んでます？」

「それはもう」

　もう一度ため息。この手紙は朝、登校途中に突然手渡されたものだった。見知らぬ男子、高校生から、恭しく差し出され、反射的に受け取ってしまった。

　そして中身は、

「ラブレターだったんですよね？」

「まあ……そんな感じの……風でしたわね……」

そんな感じ、どころかストレートにラブレターそのものであった。好きです、と書いてあったし付き合ってください、とも書いてあった。

「そ・れ・で。どうするんです？」

「……お気持ちは嬉しかったのですけれど。お断りするつもりです」

ため息。

落ち込んでいるというよりは、気まずいという気持ちが先にある。

「狂三さん、告白とかされたことなかったんですか？」

「ありませんでしたわよ？」

紗和はこてん、と首を傾げて狂三の頬に手を当てる。

「こんなに可愛いのに？」

茜色の空のように、狂三の頬が染まった。

「も、もう。からかわないでくださいまし！」

「ふふっ、ごめんなさーい」

もう、と狂三は頬を膨らませる。それを紗和は、楽しそうに眺めている。

「でも良かった。これで土日はまた遊びに行けますね」

　何となく子供扱いされている気がする、と狂三は思う。

「それはそうですけれど。……わたくしだって、好きな方ができればデートくらいいたしますわ」

　少し拗ねたような表情を浮かべて、狂三は言った。

「へー、どんなデートがお望みですか？」

「それはええと……映画に行ったり……喫茶店に行ったり……猫を見たり……猫を撫でたり……猫を可愛がったり……」

「おおむね猫ですね……それなら、私の家でもいいんじゃ」

「デートの途中で紗和さんの家に寄るんですの？」

　どんな気まずいシチュエーションだろう、と狂三は笑った。

「えー、狂三さんは恋人ができたらもう遊んでくれないんですか？」

「そんなことはありませんわよ。絶対に。紗和さんは大切な大切なお友達ですもの」

「えへへ……嬉しい」

　はにかむ紗和を、狂三は目を細めて見つめている。

「お互い、いつか素敵な恋ができるといいですわね」

「狂三さんに大切な人ができたら、絶対に応援しますよ。約束です」

差し出された小指を絡（から）ませる。

他愛のない、保証もない、ただの約束。

そんな約束を交わしたことを、時崎狂三は思い出した。

○世界に残酷性を問うても虚しく響くだけ

緋衣響が白の女王によって攫われた、という事実を時崎狂三が受け止めるのに一〇秒かかった。

恐ろしいことではあるが、衝撃的ではない。

元より白の女王と戦い始めてから、常に念頭に置いていた状況ではあった。戦力的に無害な響が巻き込まれることはない、などという安易な考えは白の女王と相対してから、完全に捨て去っている。

だから、彼女が凍り付いていたのは別の事実。

白の女王の声、口調、懐かしそうな声の響き。

それはまさしく――かつて、時崎狂三の友人であった少女のそれだった。

この隣界で戦う時崎狂三は【八の弾】で生み出された分身体であるが、それでも人間、時崎狂三としての過去はある。

かつての親友、袂を分かつことを余儀なくされた大切な人。

山打紗和、それが少女の名前だった。

深呼吸。丸めた呼気を吐き出すと同時、狂三は思考を切り替えた。

「時崎狂三！」「アリアドネ、大丈夫かい⁉」

駆け寄ってきた蒼（ツァン）と篝卦（かがりけ）ハラカが、二人に駆け寄る。

アリアドネは顔面を青白くさせながらも、どうにか立ち上がった。

「一体何が――」

「響さんが白の女王（クイーン）に攫われましたわ」

淡々とその事実だけを述べると、蒼は申し訳なさそうな顔つきになった。先ほどまで、蒼の懇願に応じて狂三は響と離れていたのだ。

「私のせいだ、ごめん」

「いえ……」

狂三は申し訳なさそうな蒼に気に病むことはない、と首を横に振った。いくら狂三と響でも、二四時間くっついて動いている訳ではない……多分だが。

どれほど警戒しても隙はいつか出来るものであり、この展開は予想されるものだった。

「それよりアリアドネさんは――」

「だ、大丈夫。それより、わたしの方こそごめんねぇ」

「いえ、白の女王（クイーン）相手に生きていただけで僥倖（ぎょうこう）でしょう」

　とはいえ、白の女王(クイーン)にとっては、時間との勝負だったに違いない。狂三と響が離れてはいたが、異変を感知すれば即座に駆けつけることができる程度の距離だったのだ。

　翻(ひるがえ)って言えば。

　白の女王(クイーン)にとっては準精霊のトップ、支配者(ドミニオン)よりも緋衣響の身柄の方が重要だった、ということになる。

　つまり、緋衣響こそが時崎狂三の致命的な弱点(ウィークポイント)と認識したのだろう。

「響ちゃん、大丈夫かなぁ」

「……恐らくは」

　分かっている。分かっているのだ。白の女王が何をするかなど、響と話し合って読み切っている。だが、女王が気紛(きまぐ)れを起こすということも有り得る話だし、そもそも選択肢として存在しない可能性もある。

　白の女王(クイーン)は強い。

　それは単純な戦闘能力という点もあるし、能力の高い三幹部が部下として存在する点もあるし、女王のために命を張る駒が無数にいるという点もある。

　だが、最悪なのはそれではない。

　それだけであれば、『ただ強い』というシンプルな長所で纏(まと)められただろう。

本当の本当に最悪なのは、白の女王（クイーン）が悪意を持っているということ。この隣界を破壊しようとする悪意、時崎狂三を害そうとする悪意が、他の誰よりも強烈だということ。

闘志ならば戦おう。殺意ならば殺し返そう。

けれど、悪意は単純な応報だけでは戦えない。思考し、足を引っ張り、揚げ足を取り、摑（つか）まれた足を切り落とすような覚悟が必要だ。

時崎狂三が白の女王（クイーン）を信頼しているのはその点。

彼女が最大の悪意を持つ人物なら。緋衣響を殺すだけでは、絶対に飽き足らない。

必ず仕掛けてくるはずだという信頼があった。

「……どうする？」

第五領域（ゲブラー）の支配者（ドミニオン）であり、蒼の師匠にあたる篝卦ハラカが問い掛ける。狂三は揺るぎのない眼差（まなざ）しで答えた。

「決戦に参りましょう。第二の領域――コクマーへ」

雪城真夜（ゆきしろまや）、キャルト・ア・ジュエーと四枚のトランプ、そしてシスタスが待つ第二領域（コクマー）へと、一行は飛ぶ。

◇

ふっ、と目が覚める。閉じていた瞼をゆっくりと押し開き、ほうと嘆息。

「女王、いかがなさいました？」

ルークの言葉に、女王は薄ら笑う。

「夢を見ていたのですよ」

「夢……内容は過去でしょうか？　それとも幻想？」

過去にあったことを思い返す夢があり、深層意識にあるものを表出するための夢がある。

「ふむ。……過去、と呼ぶべきでしょうか。捨ててしまったはずですし、現に今の今まで思い出すこともなかったのですが……やっぱり、狂三さんとお会いしてしまったから……誘発されてしまったみたいですね。ふふふ……憎たらしい人」

懐かしくて、憎たらしくて、名残惜しくて、そしてそれでも手放した想い出がある。

穏やかな口調に寒々しいものを感じたルークは、慌てて話題を切り替えた。

「出撃準備、全て調いました。あとは女王の号令により、全てが始まります」

「全てではありません。本来は召喚術士が呼び出したアレを暴れさせる手筈だったのに」

「それは――申し訳、ありません」

「あなたの責任ではありませんよ。アレが勝手気ままに暴れる暴風だったというだけ。正直な話、仕留められるとは思いませんでした」

「第五領域（ゲブラー）は先代支配者（ドミニオン）の力で、世界法則（ワールドルール）がねじ曲がっていたようです。あの『スキル』と呼称されるもののせいで、純然たる力量差が覆ったのでは？」

第五領域（ゲブラー）はシステマチックなファンタジー世界の法則が支配する領域だ。あそこでは、戦闘向けの無銘天使を持っていなくとも、『スキル』と呼称される特殊能力によって変則的な攻撃手段が獲得できた。

もちろん、それは第五領域（ゲブラー）だけの特性であって今から攻める第二領域（コクマー）では関係ない。第五領域（ゲブラー）の準精霊たちは戦闘が得意であるが、それ故に隣界において最強ではない。第五領域（ゲブラー）だけしか通じない能力に頼っていては、他の領域で戦えないのだ。

「……ま、過ぎたことは忘れてしまいましょう。二度は使えない素体ですから。あれは、大儀式の前の余興ですし」

「はい。……いよいよですね」

「ええ、いよいよです。隣界を破壊し、全てをわたしに集束する」

「一つ、伺いたいことがございます。女王」

「はい？」

「その後、女王はどのような存在になるのでしょう。神？　それとも別の——」

「さあ。興味ありませんし」

素っ気なく白の女王は告げる。ルークは失礼しました、と頭を下げた。

予定通りに物事が運べば、隣界に渦巻く霊力は全て白の女王へと集まる。隣界は崩壊し、準精霊は死に絶え、残るのは虚無の空間と女王だけだろう。

とはいえ、その霊力は圧倒的だ。

隣界を作り直すこともできる、彼方の世界へ飛ぶこともできる、ただ存在し続ける生命体となることもできるだろう。

だが。

白の女王の祈りは、そこにはない。

「さて……しばらくは〝将軍〟。あなたに委ねます。わたしは眠りますので、何かあれば交代を」

そう言って白の女王は瞼を閉じる。

「女王」

ルークの呼びかけに、女王は不敵な笑みを浮かべて立ち上がった。

「では諸君、第二領域の蹂躙に向かうとしよう。彼女たちは最終決戦だと息巻いているだろうが――その希望を圧倒量の絶望で圧し潰さなくてはね」

立ち上がった白の女王はルークと共に歩き出し、巨大な扉を開く。その先には、巨大な生命体があった。

無限にどこまでも広がるような波、空っぽと呼称される少女たち――本能から支配された準精霊未満の兵士たち。

それは隣界の準精霊全てを合わせても上回るほどの軍勢だった。

「考えてもいなかったでしょうね。これまで侵攻に投入したエンプティの軍団など、ただの余り物などと」

少女が準精霊となるには死ぬか引きずり込まれるかしかない。そうして、生きる目的を失った者たちがエンプティへと成り果てる。

だが、ここに居るエンプティたちは違う。白の女王の魔王〈狂々帝〉によって創造られた無垢の生命体。

【双子の弾】――双子座の名を冠する弾が、この膨大な軍勢を生み出した。時崎狂三の〈刻々帝〉・【八の弾】のような過去の複製ではなく、本来は劣化版の自分を作製する能力だ。

だが、それを女王は厭った。劣化版の自分など、女王にとってもっとも認められない存在だ。

故に能力を変質させた。劣化を通り越した希釈の群れ。『女王に従う』という命令のみがインプットされた人造生命体。

「虚無の軍勢」

女王の呼びかけに、エンプティたちが応じる。〝将軍〟は軍刀を振りかざし、静かに告げた。

「白の女王が、ここに汝らに命を下す。戦え、そして死ね」

声ではなく、持った武器を打ち鳴らすことでエンプティたちが応じる。

「女王に捧げよ。生命を、戦争を、汝らが持つ全てを。声高らかに破滅を歌い上げ、歓喜に震えながら死ね」

歓声が稲妻のように轟く。イエス、マジェスティ。我らの命は、女王に捧げる！　女王のために！　女王のために！　女王うううのおおおおたああああめえええええにいいいいいい！

熱狂的な信仰、狂気的な絶叫、そして温かな温かな愛。

それらを雨のように浴びながら、女王はひどくひどく冷めた声で呟いた。

「――ああ、何て騒がしい」

どうあれ白の女王(クイーン)にとっては、唾棄すべき存在なのだ。隣界における全て、何もかもが。

◇

——名前は？

緋衣響

——無銘天使は？

〈王位簒奪(キングキリング)〉

——年齢と国籍は？

分かりません、多分日本人？

——なぜ生きている？

んー……狂三さんの願いを叶(かな)えるため？

——なぜここにいる？

捕まったからですけど。

——なぜ生きている？

いや、ですから……。

——なぜここにいる？

やめて……やめてください！

——なぜ存在している？　なぜ生きている？　なぜここにいる？　なぜここにいてもいいと考えている？　なぜまだ死なない？　お前の何もかもが空っぽ(エンプティ)だというのに？

答えは空白。思考がまとまらない、ぐるぐるぐるぐると呼吸の仕方を忘れてしまったかのように息苦しい。

もちろん、これが洗脳のやり口であり、自分という存在を矮小化(わいしょうか)させる仕組みであることは理解している。理解しているが沈黙には苦痛があり、嘘(うそ)には恐怖がある。

矢継ぎ早にやってくる問い掛けに、答えて答えて答えている内に、いつしか自分が何者であるかを理解できなくなってきた。

霊装(ドレス)と無銘天使は既に変質している。顔が書き換わっている。わたしのようでわたしでなく、わたしでないようでわたしである少女。

鏡に映るわたしか、わたしでないわたしか、わたしは、執拗(しつよう)に念入りに問い掛ける。そしてその度、わたしという少女の概念が、千切れて消えて飛んでいく。

落ち着け、とありったけの心で叫ぶ。

とりあえずわたし、わたしの名前は——ああ、ええと、確か、響、そう、わたしの名は響。これは合っている、多分合っている、間違いではない。苗字（みょうじ）は忘れたが仕方がない。

今、わたしは三幹部にされている。

ビショップ、ルーク、ナイト、どれだっけ。どれかにされている。三幹部を指揮するのは、白の女王（クィーン）という精霊。時崎狂三の敵でわたしを支配下に置いた。傅（かしず）きたくなる誘惑を、必死で堪えている。

イメージ――暴風をまともに受けて際限なく転がっていく自分。

イメージ――行き着く先は崖。そこだけは落ちるまいと、必死に足掻（あが）く自分。

イメージ――爪が剝がれ、指が折れ、指紋が削られていく自分。

イメージ――落ちる寸前に崖の縁を摑（つか）んだ自分。

イメージ――暴風が止まることなく、指が一本一本離れていく自分。

暴風が〇〇〇ひび〇という存在を、少しずつ少しずつ削っているような感覚。忘れたくない何かを、手放してはいけない何かを、放り出せと囁（ささや）いている。

助けはない。救いの手はない。奇跡もない。

あるのはただ、もうすぐ違う誰かになるという過酷な現実だけだ。

忘れちゃいけない。

彼女の存在を、忘れてはいけない。しがみつかなければいけない、抱え込まなければいけない。ああでも、指、指が離れていく、この奈落に落ちたらわたしはきっと助からない。そうなれば終わりだ。限界まで頑張れ、粘れ、粘れ——！

……ああ、でも。

粘ったところできっと、意味なんてない。

だって、そうだろう。

結局のところ結末は変わらない。

わたしは、名前も思い出せなくなってしまったあの人と、もうすぐ確実に離別するのだから。

余分な思考が、致命的な打撃をわたしに加えた。わたしは暴風に吹き飛ばされ、悲鳴を上げながら奈落へと落ちていく。

わたしは自分が誰かも忘れて、大切だった人が誰だったのかも忘れて。

あまりに呆気(あっけ)なく転げ落ちていった。

——ああ、ああ。あまりに簡単。所詮は、その程度ですよね。

呆(あき)れたような、蔑むような、その癖どこか安堵(あんど)したようなため息が。

聞こえた気がしてならなかった。

第五領域(ゲブラー)から第二領域(コクマー)へと高速移動。途中の門(ゲート)は篝卦ハラカの手で強引なショートカット。

門(ゲート)を開き、【天へ至る路(シャマイム・クヴィシュ)】を駆け抜けて第二領域(コクマー)へ。

「でも師匠。どうして第二領域(コクマー)が決戦場になる?」

ハラカはガリガリと頭を掻(か)いて応じた。

「あー……アタシはアレだ。難しい事柄を滔々(とうとう)と喋(しゃべ)るのには向いてねーってことは、蒼もよく知ってるよな?　だからまあ、その、実は良く分かってない」

「知ってる。だからアテにしてない。今のは、師匠からアリアドネに話を振らせるための前振り」

「その前振りいる？　まあいいや、説明してくれアリアドネ」

「えぇ～……めんどうぅ……」

「そこをな・ん・と・か！」

「さっき、ひびきん相手にいっっっぱい喋ったのにぃ……まあ、仕方ないか。でも、改めて真夜に尋ねてね。わたしの説明、雑だしぃ」

　そう言いつつ、アリアドネはほうと小さく丸めた呼気を吐き出した。

（以下、アリアドネの談話）

で、何だっけぇ？　そうそう。第二領域（コクマー）の話だよねぇ。もう隠しても無駄っぽいから言っちゃうけどぅ、第二領域（コクマー）って『調節』の領域なんだよぅ。隣界の霊力を調整して、全領域に流し込むのねぇ。喩（たと）えるなら目に見えない水道管と目に見えない水があって、それが隣界に霊力を降らせているって考えればいいかなぁ？

　それでね。それで、わたしたちは――わたしと、ハラカちゃんと、真夜ちゃんは、誰かがこれを悪用するのを恐れたんだぁ。どうしてかって言うまでもないよねぇ？

　霊力が人為的に操作できるなら、操作できる準精霊が絶対的な支配者になっちゃう。わたしたちがそれを知ったのは、たまたま第二領域（コクマー）で悪さをしていた準精霊を退治したとき──そう、悪用する一歩手前だったんだよぅ。

「あー、アレはキツかった。アタシたちが支配者（ドミニオン）になるかならないかくらいの話だったっけ。かなり前だなー」

　そうだねぇ。すっかりハラカも歳取（とし）ったねぇ。怒らない怒らないぃ、ただの冗談だよぅ。

　さて……話を戻すけどねぇ。その時戦ったわたしたちは、決めたんだよぅ。たとえこの先、どんなに信頼できる友達ができたとしても。この事実を明かすことはない、って。

　ああ、スッキリ。

　やっと、この秘密を吐き出すことができた。

　どれほど親しい人でも、頼れる子でも、これだけは明かしちゃいけなかった。ついでに言うと、ハラカちゃんと真夜ちゃんともずっとギスギスしてたもんね、少しだけど。

「そりゃそうだ。……目の前の友達が、ちょっと魔が差すだけで隣界が滅びかねなかったんだぞ。嫌な言い方だけど、お互いにお互いを怖がってたよな」

　そうそう。

　でも、その積み重ねのせいでわたしは二人のことが好きになれたけどねぇ。一生懸命、二人が何を考えているのかを読み取ろうとしたせいで。今、ハラカちゃんはお腹空(なかす)いているんだなあ、とか。真夜ちゃんは新しい本を読みたそうだなあ、とか。

「お、おおう。なんか恥ずかしいな……アタシはおまえの思っていることが寝たいってこと以外、まったく分からなかったからな……」

だって眠たい以外なかったしぃ。

……さて、白の女王(クィーン)が最初に目撃されたのは第三領域(ビナー)というのが定説。彼女はこの領域で〝発生〟……それからエンプティたちを手駒にして、各領域を支配するように攻め込んだんだよねぇ。

最初は皆、たまに出てくる強くなって調子に乗った(イキった)準精霊(おんなのこ)かなあ、って思ってたけど。

実際、そういう準精霊がたまに出てくるんだけどぅ……。

すぐに違うって分かった。

侵攻速度の尋常のなさもそうだけど、何より——彼女は、この隣界を滅ぼすことを前提として戦っていた。そして、滅ぼすための何かが各領域のどこかにあると、確信していたからねぇ。

そして何度目かの侵略の末に、彼女はとうとう気付いてしまったんだろうねぇ。

第二領域(コクマー)こそが、目的地——神に昇華されるための、約束の場所だって。

◇

「……そうでしたの」

ぽつりと、時崎狂三は呟いた。呟いて、己が銃を見た——それからアリアドネに視線を移す。アリアドネは、微かにみじろぎをする——警戒信号を発している。

ハラカも同様だった。

「安心なさってくださいまし。白の女王に取って代わろうという気はありませんわ」

「信用できればいいんだけどねぇ」

「信用なさらなくて大丈夫ですわ。ただ、あまり気を張りすぎると、肝心の戦いで気疲れしましてよ？」

その言葉に、アリアドネはほうと嘆息。彼女の言う通りでもあり、だからこそその気遣いに胸がざわつくような不安があった。

おかしい、と内心で首をひねる。元々、時崎狂三にこの事実を伝えることは決まっていた。遅かれ早かれバレることだし、黙っている方が不安だったからだ。

はて、先ほどと今で何の違いがあるのか——理解した。

今、この場には緋衣響がいなかった。一見、いつもと変わりなさそうに見える狂三だが、響の欠けた彼女にはどうしようもない危うさがあった。

寄る辺のない、帰る場所のない……泣きじゃくる迷子のような気配。

その儚さに相反するような、超絶的な戦闘能力と殺意。

あまりにアンバランスな今の時崎狂三は、やると決めたらとことん世界を滅ぼしかねない。……響がいれば、彼女の頓着のない発言に、あるいはその無邪気な愛にやれやれと人間らしいため息をつく狂三に戻るだろうけれど。

「ひびきんがいたらなぁ……」

「響さんがいたところで、結論に変わりありませんわよ」

狂三の言葉を、アリアドネは曖昧な笑みを浮かべて対応した。反論しても賛同しても、何となく絡まれそうな予感があったので。

「さて、というところでアンタたち。到着だよ」

ハラカの言葉に、アリアドネは慌てて立ち止まる。既に門は開放されており、向こう側にある第二領域の世界が見えていた。

「うわぁ、久しぶりだなぁ……」

もう、自分が死ぬまでこの領域に来ることはないだろうと思っていた。ハラカとアリアドネがこの第二領域に来るということは、もうその時点で隣界を滅ぼす意志があると見なされても仕方ないのだ。

門の向こうは、やや狭い通路になっていた。壁と床と天井は本棚で、本が敷き詰められている……不思議なことに、天井の本は落ちてこなかった。

「……攻め込まれてはいませんのね？」

狂三の問い掛けにハラカが頷く。

「もしそうだった場合は、伝言を残しておくはずだから。……何もないってことは、まあ大丈夫なんじゃないの、多分だけど」

「……霊力は安定している。戦闘時特有の乱れがない。全滅でもしていない限りは大丈夫。全滅してたりして」

ハラカは顔を思い切りしかめて「そういう事言わない」と、蒼の頭を小突いた。蒼は妙に嬉しそうに、それを受け入れた。

「あなたたちが先に来たのか。……よかった」

淡々とした声だった。その方向へ狂三が目をやると、いつものように重たそうな書物を抱えた雪城真夜がそこにいた。

「やっほう、真夜ちゃーん」

アリアドネがぶんぶんと手を振る。ハラカも彼女の顔を見て安心したのか、無言で親指を立てた。

「……ん。皆も元気そうで何より」

真夜は珍しく微笑を浮かべ、アリアドネとハラカを歓迎した。その微笑みに、不覚にもアリアドネは胸を詰まらせる。

「良かったねぇ……」

しんみりとした呟きに、ハラカが苦笑する。

「いや、全然良くないだろ」

ハラカも分かっている。アリアドネの呟きは、秘密から解放された喜びと——結局、誰も親友を裏切らなかったことについてだ。

抱えた秘密は、少女たちにはあまりに重すぎた。信じたい、という気持ちとだからこそ裏切られたくない、という願いがあった。

もうすぐ戦いになるけれど。

もうすぐ消えてなくなるかもしれないけれど。

それでも、こうして……秘密を抱えることなく、寄り添うことができたことが。三人にはとても嬉しかった。

「それで、真夜さん。ここが決戦場ということでよろしいのですか？」

狂三の言葉に、真夜は咳払いして現実を取り戻す。

「残念ながら、そうなりそう。あなたたちの奮闘に期待している」

「シスタスとキャルトさんはどうなさっていますの？」

「ついてきて」

真夜が一行を促し、先頭に立って歩き出す。

「時崎狂三。なぜ、第二領域が決戦場となったのかは聞いた？」

歩きながら真夜が問い掛ける。

「ええ、まあ。アリアドネさんから大雑把には」

「そ。……私たちは、あなたを信じるより他ない。頼むから、選ばないで欲しい」

「隣界を滅ぼすことを、ですか？」

「そう。白の女王と戦った後に、私たちがあなたを止められるとは思えないから」

「わたくしとて、戦った後に無事でいられる保証はありませんわよ――」

そこから先の言葉を、狂三は口にしなかった。口にしたが最後、終わってしまうような気がしてならなかった。

――女王の後に、あなたたちと戦うなんて。

時崎狂三は冷徹であり、冷血であり、非情であり、非道であるのだが。

それでも。

世界を滅ぼすことに対する、禁忌くらいは持っている。しかし、これをどう伝えるべきか。どう言えば信じて貰（もら）えるのか。

あー、うー。

そんな訳の分からない微（かす）かな呻（うめ）き。狂三は可能な限り全員からそっぽを向いて、ぽつりと、とりあえず一塊になっていた真夜とアリアドネとハラカにだけ聞こえるように告げた。

「……響さんがいるのに、そんな浅はかな真似（まね）はいたしませんわよ」

その言葉に、三人は顔を見合わせて苦笑する。蒼は、自分だけ仲間はずれにされた感じがして、ちょっとむくれた。

◇

「く・る・み・さ・ま――――！」

忠犬が如（ごと）き勢いで駆けつけてきたのは、元第三領域（ビナー）の支配者（ドミニオン）、キャルト・ア・ジュエーである。

眉目秀麗（びもくしゅうれい）、どこぞの貴公子のような服とシルクハット、そして顔につけた星のマーク。

だがその一方で時崎狂三のファン一号を自称するミーハー、肝心なところでしくじるドジッ子、四枚のトランプを部下に率いてはいるが何となく舐められているヘタレと、属性が過積載の少女である。

「お久しぶりですお会いしとうございました！」

「ああ、ええ、本当にお久しぶりですわね……というか、下手するとこれでやっと二度目の遭遇では？　むしろ、わたくしはそちらの部下であるスペードさんの方が付き合いが長いような……」

その言葉に、キャルトに従う四枚のトランプたち——その中のスペードがぽん、と手を叩いた。平面な彼女ではあるが、その感情表現や仕草は人間そのものだ。ちなみにスペードは、日本刀を持った勇ましい黒髪の少女である。トランプのせいか、やや造形がデフォルメされているが。

『あっれ、そういやそうでござるな。拙者の方が主より付き合い長いでござる。いやー、すまないでござるな、主』

「全然すまなそうじゃないな、このトランプ！　もうちょっと主に気を遣え！」

『そんなこと言われてもでござるな……』

ぴょんぴょん、とスペードは跳ねながら肩を竦める。

「うう、下には舐められ白の女王にはボロボロに負かされ……ボクってば不幸だ……」

『我が首魁よ、生きているだけで儲けものと思うがいい！』

クローバーの言葉に、狂三は苦笑しながら頷く。

「そこなトランプさんの仰る通り。白の女王相手に生きていただけで儲けものですわよ、キャルトさん」

「それはそうですが……うう」

『いや、我々が言うのも何ですがボッコボコだったはずでござる』（スペード）

『アタシたちもほぼ全滅したはずッス』（ダイヤ）

『私たちがサックリいなくなって、泣きながら壁の中に逃げてくださーい、という感じだったはず』（ハート）

「キミたちは死んだら別人に切り替わるはずなのに、何で余計なことを覚えているんだ!?」

『先代の先代のまた先代が、地道にメモしていたと思うがいい！』

「メモ!?」

『もちろん、主のちょっぴり恥ずかしい秘密や乙女かお前はというエピソード満載ッス』

『主が我々に対して横暴になったとき、このメモを隣界全部に撒き散らすつもりだったでござる』

『精神的ダメージは推定一〇〇〇〇オーバーで万々歳くださーい！』

「おっそろしい事考えてんなキミたちマジで⁉　あと、精神的ダメージとやらの基準は何なのかちょっと気になる！」

「……トランプたち、それいくらで売る？　秘密は押さえておきたい」

真夜が興味を示し、キャルトがぎゃあと悲鳴を上げた。

半ば微笑ましく、半ば呆（あき）れた感じでその狂騒を眺めていた狂三の肩をとんとんと軽く叩く者がいる。

「あら、シスタス（わたくし）」

黄色い、向日葵（ひまわり）を思わせるような霊装を身に纏（まと）った、もう一人の時崎狂三——第三領域（ビナー）の虜囚だった頃の分身体である。

「あちらこちらへと引っ張り回された末、とうとう第二領域（コクマー）まで辿（たど）り着いてしまいましたわ。……ここが、女王にとっての希望（カナン）の地という訳ですわね」

「そのようですわね」

狂三はシスタスの顔をちらりと見た。自分と同じ顔をした、自分とは異なる——道が別たれた存在。

「シスタス。一つ、質問がありますの」

「ええ、承りますわ」

「わたくしは、彼方(げんじつ)の世界に戻ろうとしています。今でもその想(おも)いは変わりありません。あなたは、どうしますの？」

シスタスは沈黙した。狂三は彼女が口を開くのを待つことにした。

「……わたくしたちには目的があります。それは、全てにおいて優先されねばならぬことですわ」

シスタスの言葉に狂三は頷く。

「そうですわね……」

始原の精霊の打倒、それが時崎狂三全ての目標であり、目的であり、夢である。

【八の弾(ヘット)】で生み出された分身体も、そして彼方(かなた)の世界で戦っているであろう本人も、それは最優先事項として心に刻んでいる。

「……ですから、戻らなくてはいけませんわね」

シスタスはどこか苦しげに、そう結論づけた。狂三はその言葉に、様々な感情を知覚したが、それを無碍(むげ)に指摘することは避けた。

「違いますわね、わたくしたち」

同じ顔をしている。同じ声をしている。同じ口調をしている。同じ武器を扱っている。

けれど、積み重ねてきたものが狂三とシスタスでは、あまりに違いすぎるのだ。

狂三は知らない――シスタスが、第三領域でどのように陰惨な目に遭っていたか。

シスタスは知らない――狂三が、緋衣響と共にどんな日々を駆け抜けていたか。

分身体であろうとも、一度離れて行動した場合、蓄積されていく経験はその分身体のものだ。歓喜も、恐怖も、悲哀も、何もかも全て。

「そうですわね。違いますわ――ところで、緋衣響さんはどうなさいましたの？」

「攫われましたわ」

シスタスの問い掛けに、狂三はあっさりとした口調で応じた。

「……大丈夫ですの？」

シスタスの不安そうな言葉に、狂三は不敵に笑う。

「元より、予想していたやり口ですわ。あの女王なら、そうするとわたくしと響さんは確信していました。で、あれば対策を取ることもできましてよ」

「対策……」

「まず、一番不安なのは響さんの命ですが……これはその場で殺さなかった時点で、問題ないと考えられますわ。手間暇かけて、響さんを攫った以上は意味があるはずですもの」

「意味……情報収集のため、とかですの？」

「いいえ。わたくしに対する情報など、白の女王もとっくに承知でしょう。戦闘におけるスペックも、既に情報は得ているはず。となると、あの悪魔の考えつくことなど一つですわ。シスタスならお分かりでしょう？」

「……敵に回す」

シスタスの答えに、狂三は頷いた。だが、それでもシスタスは不安げに眉を寄せる。

「つまり――『わたくし』は緋衣響さんを……その、戦うおつもりですの？」

殺す、と言おうとしてシスタスは踏み止まる。くすりと狂三は笑い、頷いた。

「ええ、ええ。戦いますわ。ですが、それは覚悟の上。戦い、勝利し、そして――わたくしは、誰にも奪わせません」

戦い、勝利するだけではダメだ。何故なら、白の女王にとっては戦うことそのものが勝利と言える。狂三の心に瑕を負わせ、痛めつけるものだと知っている。

戦い、勝利し、そして――奪わせない。

「……響さんを助けるおつもりですの？」

「ええ、ええ。わたくしは精霊、時崎狂三。その程度のこと、夢を見るより簡単なことですわ」

緋衣響は、時崎狂三の仲間だ。故に、何があろうと力ずくで引き戻す。

「強欲ですわね、わたくし」

「あら、今頃お気付きになりまして？」

狂三は笑い、シスタスも笑った。

「それからシスタス。白の女王の正体ですが――」

「……？」

シスタスがきょとんと首を傾げた。

「あれは、時崎狂三の反転体ではありません」

「え……!?」

愕然とした表情を浮かべるシスタスに、狂三は――自分でもまだ信じ切れていない情報を、静かに口にした。

「彼女は、山打紗和。わたくしたちが、まだ唯の無垢な少女だった頃に出会った、大切な友人。それが、女王の正体です」

シスタスは今度こそ、驚きのあまり呆けたように口を開いた。

「紗和……さん……？」

シスタスも分身体である以上、人間時代の記憶は共有している。時崎狂三が、唯の少女だった時代にいた大切な友人。

「でも、紗和さんは——」

「ええ。わたくし……正確には、本体のわたくしは紗和さんを……」

殺した。炎を撒き散らす怪物になっていた彼女を、容赦なく撃ち殺した。正義の味方を気取って、怪物の正体を理解もせずに……あの女の言うがままに従ってしまった。

「どう……するのです」

切々とした響きがする問い掛けに、狂三は力強く応じる。

「戦いますわ。敵である以上、立ち向かいます。断固として、彼女を排除します。過去はどうあれ、今の彼女は——紛れもない、罪人なのですから」

そう。

山打紗和がどれほど心優しい少女であったとしても、狂三にとってかけがえのない存在だったとしても。

今、彼女は隣界を滅ぼそうとしている——それが罪でなくて、何なのか。

「それにしても、まさか紗和さんだなんて……」

シスタスはそれきり絶句する。あまりにイメージにズレがある。

「そうですわね。彼女は……本当に紗和さんなのでしょうか？」

「相対したのは、『わたくし』でしょう？」

シスタスの言葉に、狂三は逡巡(しゅんじゅん)しつつ頷く。

白の女王(クイーン)には、気配がある。一目見た瞬間、絶対に倒さねばならないと確信できる何かがあった。だが、緋衣響を攫ったときの声と口調は疑いようもなく山打紗和のそれだった。

「あの声を、わたくしが忘れるはずありませんもの」

過去という名の倉庫の、奥の奥のそのまた奥に。厳重に鍵を掛けて封じていた記憶。

それが一瞬で解き放たれたときの衝撃は、筆舌に尽くしがたい。

「ですが……今まで、わたくしたちは時崎狂三の反転体だと思っていましたわ」

シスタスの反論。

彼女の言う通り、声を聞くまで時崎狂三は白の女王(クイーン)を反転体だと睨(にら)んでいた。時崎狂三が反転した分身体……あるいはそれ以外の何か。

「顔も、能力も、何もかも全てが反転体であると示していたはずですわ」

彼女の使う魔王は、〈狂々帝(ルキフグス)〉——天文時計と軍刀(サーベル)と銃で構成された、〈刻々帝(ザフキエル)〉と対を成すもの。

空間を支配する彼女の能力を考慮しても、やはり反転体であるという確信があった。

そう、それは間違いない。山打紗和が、たまたま時崎狂三と対になる能力であった——偶然にしては、出来すぎている。

そもそも、白の女王（クイーン）の顔は……時崎狂三そのものなのだ。

「時崎狂三。いいだろうか」

話が一段落したのを見て取ったのか、真夜が声を掛けてきた。

「既に第二領域（コクマー）へと繋（つな）がる扉は封鎖し、私の部下の準精霊たちは別領域への避難を済ませている。バリケードはもう少しで完成するが、何しろ私は戦争は不得手。意見が欲しい」

「ふむ……」

巨大な石の柱が立ち並んだ——巨大な放水路を思わせる場所。真夜が言うには、この通路の向こう側に、第一領域（ケテル）への門（ゲート）があるという。

そこで、彼女たちはまずここにバリケードを築いた。柱と柱の隙間を徹底的に塞ぎ、巨大な城壁を設置。

「とにかく、ひたすら防御を固めてみたが……」

「まあ、間違ってはいませんわ。いませんが、予想を超えるものではありませんわね」

「はい」

蒼が手を挙げる。

「蒼さん、何か?」

「時崎狂三は銃使い（ガンスリンガー）なので籠城（ろうじょう）戦に向いているが、私は直接打撃系なので、籠城に向いていない。どうするべきか」

「……さて。この中で遠距離戦闘が可能な方、手を挙げてくださいまし」

篝卦ハラカ、雪城真夜、シスタスが手を挙げた。アリアドネはふるふると首を横に振った。彼女の使う無銘天使は糸であり、伸ばしても近〜中距離の範囲。遠距離戦闘には不向きだ。キャルトはトランプと共に行動するため、近距離側である。

「攻撃組(オフェンス)と防衛組(ディフェンス)に分けましょう」

「分断されない？」

「なら、繋ぎ目となる方が必要です。篝卦ハラカさん、あなたは近距離遠距離両方とも問題ないタイプですわよね？」

ハラカはニヤリと笑って胸を叩(たた)いた。

「任せときな。っても、繋ぎ目って具体的にはどうすんだい？」

「蒼さんと共に戦いつつ、防衛組が不利になった場合はそちらに。逆に余裕ができたなら、近距離へ。遊撃兵ですわね」

「オッケー。アタシってば器用だから、短距離なら転移や高速移動も可能だし。何とかなるだろ」

「となると、近距離で戦うのは私とアリアドネとキャルトということになるのだろうか」

「いいえ。わたくしも攻撃組に回りますわ」

「時崎狂三も？」

「ええ。考えてもみてくださいまし、蒼さん。わたくしに防衛が似合うと思いまして？」

「似合わない。まったく。時崎狂三は、基本的に相手を叩き潰して磨り潰してゴミ箱に叩き込むタイプだ」

「……褒めてますわよね？」

訝しげな狂三に、蒼はこくりと頷く。

「すっごく褒めたつもり。何だったらハートマークをつけてもいい」

「ホント、コミュニケーションに不安を抱えるなアタシの弟子は……」

ハラカがぽつりと呟いた。

「つまり私とシスタスが防衛、他が攻撃。ハラカが中陣……でいいだろうか」

「いいんじゃないのぅ、バランスは取れてると思うよぅ」

「シスタスは長銃でわたくしたちの援護もお願いいたしますわ」

「忙しそうですわね……」

「人数がもう少し多ければ、多いなりの対応ができるのですが……。援軍の期待はしてもよろしいんですの？」

　狂三の問いに、真夜は目を伏せた。

「一応、一応……各領域の支配者に援軍の要請を出しておいた。ただ、あまり期待はしない方がいいかも」

「何故ですの？　時間的に間に合わないとか？」

「……その可能性もあるが、私は援軍を要請する際にこう伝えている」

　――援軍として来て貰えばありがたいが、戦いが終わった後で記憶を消去させて欲しい。

「真夜ちゃん、それ言っちゃったのぅ？」

「黙っておく訳にはいかないと思った。だって、今までずっと隠していたんだもの。私たちに命を懸けろ、と言っておいて戦いが終わったら騙し討ちのようなことをするのは……」

「隣界の危機ですのに、そこにこだわらなければいけませんの？」

　普通に援軍を求め、その後で適当に誤魔化して記憶を消せば良かったのだ。あるいは、そもそも黙っていればいいのだ。

　けれど、真夜はどうしてもそれができなかった。

「……私は支配者の中ではアリアドネやハラカと並んで古参だ。ずっと、支配者として生きて、隣界の運営に携わっていた。新しい支配者が現れる度に、信用できるのかできないのかを必死になって見定めた。皆、私の醜い性根を知らないまま……仲良くしてくれた」

かつて第一〇領域（マルクト）を支配した〝人形遣い（ドールマスター）〟のような例外を除くと、大抵の支配者（ドミニオン）は屈託のない無邪気な、あるいは心強い誠実な少女たちだった。

支配者（ドミニオン）で集い、喋（しゃべ）り合うのはそれが、どんなに重要な事柄でも——楽しかった。

「裏切り者や、洗脳された者が出たのは悲しかった。悲しかったけれど。白の女王（クィーン）が現れる前は、皆……ちゃんとしていたのに」

落胆の表情——悲しみに満ち満ちた顔。

アリアドネはああ、と深く静かに嘆息した。生真面目で、本が好きで、少しとっつきづらい雪城真夜という少女は。その実、数少ない支配者（ドミニオン）同士のやりとりを、深く慎（つつ）ましやかに愛していた。

「真夜……」

ハラカが声を掛けると、真夜はぐいと服の袖で目元を拭った。

「失礼。ともかく、応援に来てくれるならありがたいし、嬉（うれ）しいけれど。……友達を、あまり巻き込みたくない」

「アタシたちはいいのかい？」

「良くはない、けど。……一蓮托生（いちれんたくしょう）ということで……」

「雪城さん。あなたの、巻き込みたくないという想いは正しいでしょうし、尊重されて然るべきでしょう」

シスタスがつと口を開いた。面食らった真夜は、曖昧に頷く。

「う、うん」

「ですが、これだけはお忘れにならないよう。あなたが友情を感じているということは、大抵の場合は、先方も同じものを抱いていると考えるべきなのです」

「む？」

「まあ、その内ピンと来るかもしれませんわ。さ、後は戦術の構築です。どなたが指示を下しますの？」

「そりゃまあ……くるみんじゃない？」

「時崎狂三、ナンバー1」

「アンタかねえ、やっぱ」

「『わたくし』、お願いしますわ？」

全員の視線が、時崎狂三に集中する。彼女は咳払いを一つして、告げた。

「それでは、皆々様。――決戦準備ですわよ」

◇

――第三領域（ビナー）・【天へ至る路（シャマイム・クヴィシュ）】

ナイト、ビショップ、ルーク。

チェスの駒を起源とする、白の女王（クイーン）の三幹部。彼女たちは狂喜狂乱するエンプティたちを率いて、第二領域（コクマー）へと繋がる門（ゲート）を開こうとしていた。

ルーク――苛立（いらだ）ちつつ、檄（げき）を飛ばす。

「まだ開かないの？」

ビショップ――冷静に対処。

「セキュリティをここまで厳重にしている、ということは覚悟を決めたということでしょう。ここに来て、他の領域ということはなさそうです。制限時間がある訳ではないのです、確実にいきましょう」

ナイト――無言。どうでもいいとばかりに、ぼんやりと空を見る。

「ナイト。貴女（あなた）はどう思います？」

ルークの問い掛けに、ナイトは無機質な瞳で彼女を見据えて言った。

「……別に何も。いずれ終わる作業なのに、ムキになる必要あります？」

ルークは舌打ちし、ビショップはそうだろう、と頷く。

「それよりも、ここまで厳重にロックしている以上、向こうも準備を調えているということです。対策は？　まさか無謀な突撃だけです？」

ナイトの問い掛けに、ルークが一瞬不快そうに顔を歪めたが、すぐに何か思いついたようにくすりと笑った。

「つい先ほどまで、変化する恐怖に泣いていたとは思えませんね」

その言葉に、ナイトは呆れたようにルークを見返す。

「かつて何だったかなんて、わたしたちに意味あります？」

自分がかつて、誰だったのか――もう、どうでもいい。

自分がかつて、どちらだったのか――今、女王に仕えている。

自分の名前は、何だったのか――ナイトの称号を貰った。それでいい。

「それは……ありませんが」

「過去を振り返らず、未来を見据えましょうよ。開いたら我らが女王のために、とっとと皆殺しです。そのためにも、作戦は何かを聞いているんです。わたしは先ほど生まれたばかり、あなたたち二人がしっかりしてくれないと困るんですが」

「……ナイトの言う通りだ。これから作戦を説明する」

　ビショップの言葉に、不満げにナイトを睨んでいたルークも渋々と説明に参加した。

「大雑把だが、作戦概要はこの通りだ」

「何か意見がありますか？」

　ビショップとルークの言葉に、ナイトははぁ……と大きくため息をついた。その表情は、ハッキリと蔑みが見て取れる。

「……何か文句でも？」

　苛立つルークがナイトに詰め寄るが、彼女は平然と応じる。

「文句だらけです。何ですか、その穴しかない作戦は」

「……と言うと？」

「例えば左翼の部隊の展開、この巨大複合型のモンスターに頼ってますけど。〝彼女〟が時間を停止させたら、もう無理ですよね？　中央で指揮するルークが生き残ること前提で動いてますけど、ルークが戦争開始五分以内に殺されたらアウトじゃないですか」

「な――」

「それは……」

　ルークが怒りで絶句し、ビショップが言葉を詰まらせる。

「五分保つ自信があるんですか、ルーク。彼女が相手なんですよ。わたしたちには戦闘記録しかありませんが、あなたはもう二回敗北している。二回目なんて瞬殺ですよ、瞬殺。わたしたちは強いですが、能力に変化はない。あなたの〈紅戮将〉はもう、つま先からてっぺんまで向こうに露呈している。でしょ？」
「そ、それは……そう、だけど……」
「……怯えていますね、ルーク。記憶はなくとも、事実はある。わたしたちが与えられた
共通記憶が、彼女の恐ろしさを見せている」
「……！」
「そんなので、本当に我らが女王のために戦えるのですか？」
「……戦える……戦えるとも！　おまえに何が分かる！　わたしは──」
ルークは、自分がかつて何だったかは思い出せない。思い出せないしどうでもいい。た
だ、自分が女王にとって重要な駒だということが喜びである。
女王に対する献身、愛、自分を見てくれたという恩義に報いるためならば。命など惜し
くはない。
「そうですか。なら、その未知数の希望に満ちた潜在能力っぽいなんかが適当に解放され
て頑張ってくれることを期待しますねー」
そしてその気高き決意を、ナイトはあっさりと言葉で切り刻む。ルークが踏み出しかけ

たが、ナイトの殺気に行動を停止する。

「……身内で争うつもりですか？　献身が聞いて呆れます」

「よせ、ルーク。……ナイトも。我々の作戦は確かに穴があった。今から、話し合ってそれを埋めようじゃないか」

ビショップの言葉に、ルークも反省するように項垂(うなだ)れた。

彼女たちにナイトは容赦なく言葉を投げかける。

「よろしいですか？　皆さんは三幹部になって強くなって調子こいてるかもしれませんが。わたしは彼女を良く知っています。生半可な作戦は読まれて叩(たた)き潰されますよ。わたしたちが相手をするのは、女王と並び立つ最強最悪の精霊——時崎狂三ですから」

ナイトはそう言って——不敵な笑みを浮かべた。

◇

——手紙が届いた。

届いた先は第九領域(イェソド)、第八領域(ホド)、第七領域(ネツァク)の支配者(ドミニオン)及びその後継者。

即(すなわ)ち輝俐(キラリ)リネム、絆王院瑞葉(ばんおういんみずは)、銃ヶ崎烈美(じゅうがさきれつみ)、そして佐賀繰唯(さがくれゆい)。差出人は第二領域(コクマー)の支配者(ドミニオン)、雪城真夜。

手紙には、一人で開封することを要請する旨(むね)が記されていた。

リネム以外は彼女の言うことに従い、一人で手紙を開封。リネムはオープンテラスの喫茶店で友人やスタッフとお喋りしつつ手紙を開くという蛮勇っぷりだったが、その内容に慌てて近くのトイレに立て籠もることになった。

真夜の手紙は、文章が少しだけ支離滅裂だった。真夜と付き合いの長いリネムや、整った文章を読み慣れている瑞葉には、すぐにそのこと自体が異常だと感付いた。

それは、助けを求める手紙だった。

そして、罪の告白文でもあった。

第二領域(コクマー)に秘められた謎と、その謎を明かさなかった理由と、そして現状。

白の女王(クイーン)と彼女の率いる軍がそれを突き止め、襲撃を仕掛けようとしていること。

……そして。もしこちらが勝ったとしても。私はあなたたちを信頼していないから記憶を消させて欲しいと伝えていること。

絆王院瑞葉はさすがに動揺して、リネムに相談しようと立ち上がった。

銃ヶ崎烈美は顔をしかめて、頭を掻(か)いた。

佐賀繰唯はなるほど論理的である、と思考した。

そして輝俐リネムは。

「……もう、バカじゃないの！　真夜ちゃんのアホ‼」

大きく大きくため息をついて、トイレから立ち上がって全速力で走り出した。

◇

「今、セキュリティをチェックした。この門（ゲート）が強制的に開かれるまで、あと二時間くらいだと思う」

真夜が第三領域（ビナー）へと繋（つな）がる門（ゲート）を見ながらそう言うと、蒼は首を傾（かし）げた。

「こちらの準備はできている。開かないのか？」

「二時間の余裕があるなら、それぞれ思い思いに過ごして欲しいと思って。何もするつもりがないなら、開いてもいいけど……」

「やめとけやめとけ。アタシはちょっと話があるし。アンタたちも、二時間は休憩と考えておきな」

ハラカがそう言うと、場の雰囲気は「まあ、それならそれで」という感じになった。

「じゃ、真夜にアリアドネ。少し駄弁（だべ）ろうぜー」

二人の肩を両腕でがしりと抱え込んだハラカに、少し迷惑そうに、あるいは嬉（うれ）しそうに真夜とアリアドネは応じた。

「『わたくし』、どうなさいます？」

　シスタスの問い掛けに、狂三はため息をついた。

「一人でいますわ。何かありましたら、呼んでくださいまし」

「承りましたわ。わたくしも——そうですね、少し休ませていただきますわ」

　狂三とシスタスは、門（ゲート）に背を向けた。残ったのは、蒼とキャルト・ア・ジュエーの二人＋四枚のトランプだ。

「……狂三様に話しかけるチャンスが……！」

『一人でいたい、という願いを無碍（むげ）にするのはあんまりでござる』

『独善的だと思うがいい！』

『というか、ウチらと喋（しゃべ）ればいいッス』

『そのために生まれたものだと思ってくださーい！』

「……まあそうなんだけど。いい加減、コミュ障っぽくないかボクってば」

　キャルトの愚痴に、四枚のトランプは顔を見合わせた後、声を揃（そろ）えて告げた。

『何をいまさら』

　キャルトは膝から崩れ落ちた。確かに前々から薄々と感付いてはいたが、いたのだが。

「そうか……コミュ障だったのか……」

しばらくトランプは放置して、泣き濡れつつカニと戯れよう——キャルトはそう誓った。

そして、蒼は一人残される。

誰かに話しかけたかったが、ハラカも狂三も邪魔をすることは憚られた。キャルトやシスタスとはそれほど親しくはない、となれば一人でいるしかない。

「二時間、何を考えればいいのだろう……」

ぼんやりと、蒼はそんなことを呟く。バリケードの作業はもう終わった。霊装の調整も済んでいるし、〈天星狼〉の素振りはやろうものなら風切り音だけで耳障りなこと請け合いだ。

つまり、やることがない。

やることがないので、蒼はぼんやりと考えることにした。

自分には記憶がない。いつのまにか隣界で生きていて、隣界で修行して、隣界で戦い、隣界で生を営んでいた。

流されやすいというか、確固たる自己があらゆるものを受け流したというか。

戦っていることが楽しくて、師匠や仲間とバカをやっていることが楽しかった。命を懸けることに、恐れはない。

——そうかい。でもなあ、蒼。それはきっと悲しいことだと思うんだよな、アタシ。

師匠である篝卦ハラカはそう言うと、頭をくしゃくしゃに撫でつけた。

かつて、その言葉が理解できなかった。だけど、今は少しだけ理解できる気がする。

自分の鼻っ柱を打ち砕いた少女が、この隣界を去ろうとしている。

彼女は過去を大切にしていて、だからこそ未来を掴み取ろうとしている。

過去を振り返らない、とは良く聞くフレーズだけれど。過去を大切にしているからこそ、見えてくるものもあるのだろう。

だが、横たわって空を見上げても。思い出せるものは何もない。

時崎狂三は、彼方の世界に行くと言っている。

ならば、自分はどうするべきなのか。

「……どうする、か、」

どうする、とは具体的に何をするつもりなのだろう、蒼は。

具体的な行動が定まっており、それをやるかやらないかの選択が可能であると、無意識にそう決めているのか、自分は。

つまりそれは――。

「……そうか、なるほど」

蒼は人生の重要な選択肢が、目の前にあることをようやく理解した。

シスタスは花が好きだ。これは時崎狂三の分身体としては、異例の状況に陥ったが故だと彼女は認識している。もちろん、時崎狂三も花は嫌いではない。恐らく、むしろ好きな方だろう。

だが、シスタスほど好きという訳ではないというのも間違いない。

第三領域(ビナー)で捕らえられ、あらゆるものを奪われた彼女にとって、花だけが救いだったからだ。中庭に満開に咲く花々だけが、シスタスを慰める唯一の手段だった。

記憶を奪われ、能力を奪われ、何もかもを失い続けて。ただ花だけが――。

「……ああ。そうですわね……」

シスタスはとうに気付いていた事実に、ようやく目を向けることにした。

彼女は、シスタス(Cistus)と。そう自分の名を決めた瞬間から、時崎狂三とかけ離れた存在となってしまったのだ。

だから、彼方(かなた)の世界への抗し難(がた)い誘惑がなく。

ふわふわと頼りない、タンポポの綿毛のように――自分は、浮いている。

決めなければならない時がやってきた、とシスタスは思う。とはいえ、それは次の戦いで生き残ることが前提の話。

そもそも、自分が生き残れるかどうかも分からない。

いや、むしろどちらかと言えば——。

「短い人生でしたわね、わたくし」

シスタスはそれも気にならない、というようにほうとため息を一つついた。


キャルトは一人、黄昏(たそが)れていた。

「ハァ……」

『何スかその黄昏(たそがれ)ぶりはッス』

『おおかた、狂三殿に自分の残念さが露呈したことを気にしているのではござらんか』

情け容赦のないトランプたちの言葉に、キャルトはキッと彼女たちを睨(にら)んだ。

まあ、実際その通りなので反論はできないのだが。

『だがしかし、むしろ気楽だと思うがいい!』

『そう考えてくださーい!』

「……どういうこと?」

トランプたちの言葉に首を傾げる。四枚のトランプは顔を寄せ集めてひそひそと話し、じゃんけんの末にスペード(エース)が押し出された。

『……ぶっちゃけるとでござるな。主殿は気を張りすぎでござるよ、特に他人の前では』

「う」

キャルトがドキリとした様子で胸を押さえた。

『精神的なストレスが半端（はんぱ）ないから、肝心なところでコケるのでござる。いいとこ見せようとしてダダ滑るのでござる。というか、ぶっちゃけ支配者（ドミニオン）向いてないでござる』

「お……おおう……滅茶苦茶（めちゃくちゃ）言われてる……」

言われているのだが。何というか、真実を暴かれたという感覚がしてならない。

『そりゃまあ、主は支配者（ドミニオン）にチョイスされるだけあって強いは強いでござるし。見た目だけならカリスマもあるでござるが。いかんせん、内実が伴ってないでござる』

「コミュ障だものね……」

『人付き合いが単なる重荷になる準精霊もいるでござる』

「いや、でも狂三様は例外――」

『ファン目線でキャーキャー言えるから安心できているでござる。本腰で会話を始めたら、多分速攻で音を上げると思うでござるよ』

「…………否定できない！」

がっくりと項垂（うなだ）れるキャルト。スペード（エース）ははぁ、とため息をつきつつ肩を叩（たた）いた。

『いいじゃないでござるか。人付き合いなんて、疲れてまでするものではないでござるよ』

「……まあ、そうかもしれないけど」

そうかもしれない、とキャルトは思う。キラキラした瞳で見られるのはいい、でも話しかけられるのは苦手だった。家でゴロゴロしたいときも、誰かが見ているかもしれないと気が引けた。

張り詰めた日々は充実していた気もするが、同時に精神を磨り減らしていた気もする。

「よし。この戦いが終わったら、ボクは――」

『……何で死亡フラグみたいなことを言い出すでござるか主』

「いいんだ。この戦いが終わったら、ボクは……引き籠もるぞ！　インドア生活万歳だ！　ポテチとコーラを飽きるまで飲み食いしながら、死ぬほどダラダラすると宣言する！　他人の目なんて知ったこっちゃない！」

『極端から極端へと走るッスね……』

『まあ、いい傾向だと思うがいい！』

『どちらにせよ、目の前の戦いを頑張ってくださーい！　まずは生き残ることから考えてくださーい！』

「もちろんだ！　……うん。いい感じの目標ができた。がんばるぞ！」

キャルトは何かを吹っ切ったように、天に向かって拳を高々と突き上げた。

雪城真夜、アリアドネ・フォックスロット、篝卦ハラカも三人でぼんやりと空を見上げていた。ハラカはコップに酒を注いで振る舞おうとしたが、真夜もアリアドネも断固として拒否した。

「何でだよー」

ふて腐れるハラカのコップを奪い取りながら、真夜が言う。

「あなたの酒癖の悪さを、私たちが知らないとでも思っているのか」

「そうだよぅ。ハラカが酔っ払うと大体はロクな目に遭わないんだものぅ」

「そうか？」

きょとんと首を傾げるハラカに、真夜とアリアドネは視線を重ねて、どちらからともなくため息をついた。

「覚えてないんだねぇ……」

「ハラカの記憶力に期待した、私たちが愚かだったのだ」

「ちょっとちょっと。ホントに何も覚えてないんだけど⁉　え、そんなにアタシって酔っ

払うとヤバいの⁉」

「……まあ、それはおいといてさ」

「いや、脇に置かないでよ。今、それが一番重要な話題な気がするんだけどアタシ」

「三人で集まって、悪巧みをしないで済むのって。何だかいいよねぇ――」

ふわりとした口調で、アリアドネはほんの少しの寂しさを滲ませて呟いた。

その言葉に、ハラカも頷く。

「……そうだな。アタシたち三人で、あの秘密を守らないとって必死だったもんなァ」

今となっては遠い遠い思い出だ。それを知ったときの衝撃と、恐怖と、疑念。

「……私は、あなたたちを疑っていた」

「アタシも、アンタたちを疑っていたよ」

「実を言うとねぇ、わたしもぉ」

それぞれの苦い告白は、今となっては甘い追憶のようなもの。

「真夜はほら、引き籠もってるからさ。遊びに誘ってもあまり出てこなかったし」

「……私が第二領域から出るときは、あなたたちの居場所が正確に判明している場合だけだったから」

「ハラカがあちこちの領域にフラフラ飛び回るの、ちょっと疑っていたなぁ……」

一瞬の沈黙。

ほう、と息を吐く。

「アタシたち、誰も裏切らなかったんだなぁ」

「あなたたちを信じられれば良かったのに」

「それは違うよぅ、真夜ちゃん。信じるに足る材料が、どこにもなかったんだから。だから、仕方のないことなんだよ」

「――それでも」

真夜がぐい、と服の袖で目元を拭った。

「私は、あなたたちと仲良くなりたかった。疑いたくなかった」

疑念があった。恐怖があった。だから、遊ぶことはできなかった。親しんでいても、そこには常に親愛とは別の感情が蠢いていた。

ハラカがその言葉に俯き、酒を呷ろうとしてコップが手元にないことに気付き、嘆息した。彼女も同意見だった。真夜が涙を零し、ハラカは気まずげに目を逸らす。

「……でも、最悪なことにはならなかったよねぇ」

アリアドネの言葉に、二人が顔を上げる。

「裏切らなかったんだよ、わたしたちはさぁ。……正直に言うと、手を出したくなったことはあるもん、わたし。計画を練ったことだってあるしぃ」

「それは——」

アリアドネがニヤリと、意地悪い笑みを浮かべて言った。

「どうせなら、白状しちゃいなよぅ。考えたこととか、やったこととか、あるでしょぅ?」

その言葉にギクッと二人が背を伸ばした。先ほどまでの沈痛な雰囲気が雲散霧消し、どこか気まずげ、気恥ずかしげに視線を送り合う。

「……その……何度か……第二領域(コクマー)の様子を見に行ったことがあるような……ないような……」

「何度か……どうすれば、霊力を調節できるか……色々と試したことがあるような……ないような……」

あはははは、とアリアドネが笑う。

「ほらぁ、全員ちょっとは考えたんじゃんかよぅ。でも、今となっては笑い話でしょぅ? ねえ、二人とも。どうして裏切らなかったのぉ?」

「それは——」

真夜とハラカは、その時の心情を思い出そうとする。手の届く距離に、自分を隣界の頂点にするような、強い力があった。計画を練って、実行すれば決して不可能ではなかった、と思う。

なのにどうして、それをやらなかったのか。

無欲な訳ではない。真夜もハラカもそれなりに我欲があり、だからこそ策した。

なのにそれを最後の最後まで実行に移さなかったのは——。

「わたしはねぇ。二人が好きだったからだよぅ。ハラカちゃんが怒るだろうなぁとか。真夜ちゃんがガッカリするだろうなぁ、とか。そんなことを考えたら、フニャフニャになっちゃってさぁ。やるの、面倒になったんだよねぇ」

「私も！　……私も、そうだった。あなたたちに、失望されたくなかった」

「右に同じ。真夜が泣くだろうなー、とか。アリアドネはマジギレするだろうなーって」

アリアドネはふにゃりとした顔で笑った。

「そーゆーこと、なんだよぅ」

そう。結局、裏切ることを許さなかったのは、互いが互いを大切に想っていたからだ。寄せられる信頼を裏切りたくなかった。仲間として、恥ずかしい真似はしたくなかった。

雪城真夜は、アリアドネ・フォックスロットは、篝卦ハラカは、互いが互いを好きだったから。

「疑って疑って、それでも互いが裏切らなければ。そこにあるのは、『信じたい』っていう気持ちだけなんだと、わたしは思うなぁ」

愛する恋人を、親しい友人を、人間は時として「裏切っていないか」と、疑いの眼差しで見る。けれど、それは決して裏切って欲しいからではない。

好きで、信じたくて、だから疑ってしまう。

「……アリアドネ、アンタさ」

「なぁにぃ」

「意外にポエマーだね」

ハラカの言葉に、真夜はこくこくと頷いた。そして二人して、にんまりと笑う。

ふて腐れたようにそっぽを向いたアリアドネの頬は、確かに真っ赤に染まっていた。

――時崎狂三は、三つの問題に想いを馳せている。

一つ目は■■■■のこと、名前を思い出せない、いつか見たあの少年。彼に近付いているという確信だけがある。それにしても、どうして名前も顔も思い出せないのだろう。

出会った人間全てを覚えている訳ではないけれど、恋をした少年の顔を思い出せないのは、理不尽であり不合理だ。

「……いいえ、余計なことは考えませんわ」

一人呟き、二つ目の問題に取りかかる。隣界は夢の世界であり、死後の世界であるかもしれない、だが、それにしては幾つか解せない点がある。

死ぬ直前の記憶がある準精霊と、記憶のない準精霊がいる。

驚くほど古い記憶を持つ準精霊と、新しい準精霊がいる。

旅から旅をして、そこで出会う準精霊たちに狂三と響は幾度となく聞き取りを続けた。

推測でしかなく、願望もたぶんに含まれている。ただ、それでもやはり解せないものがあり、そこに一つ仮説を入れることで全てが解消される。

この隣界と、彼方の世界――つまり、現実世界は時間軸がズレている。ズレ、というよりは切り離されている、と言った方が正しいか。

隣界に歴史があることは確かだ。精霊がいた時代、精霊が消えた時代、準精霊の原始的な争い、領域ごとの整備、支配者の台頭、そして白の女王と時崎狂三の出現。

それは正しい時間の流れである。だが隣界にやってくる準精霊たちは、異なる時間から、やってきている。

起点となる時間はある。それは、恐らく隣界が生まれた瞬間。だが、そこから先は完全に現実との時間に齟齬がある。

自分と同じくらいの時代からやってきた者もいれば、自分より遥か前の時代を生きていたはずなのに、狂三より後にやってきた準精霊もいた。

彼方の世界の記憶を持っている者の文化圏も、時代も、見事にバラバラだった。

共通しているのは、少女ということだけで他には何もない。人種も、国家も、人生も、何もかもだ。

自分より後の時間から訪れた過去の準精霊。

自分より前の時間から訪れた未来の準精霊。

以前、この謎について緋衣響と語り合ったことがある。


「――まあ、隣界はもともと謎世界ですからねえ。彼方の世界……現実の時間軸と切り離されてても不思議じゃないなーと」

響はボールペンを鼻と唇で挟み込みながら、そんなことを宣った。言っていることはそれっぽいので、間抜けな顔を晒さないで欲しい、と狂三は思ったが、まあ響なので構わないかと受け流すことにした。

「何か今、いわれのない悪口を言われた気がしますが」

「気のせいですわ。それはそれとして、どうして不思議ではないのですの？」

「まずですね、この世界は予めあった訳じゃないのは確かです。地球ができたのが四六億年くらい前でしたっけ？　そして、ホモ・サピエンスの成立が二〇万年前。じゃあ、この隣界はって言うと……うーん……一〇〇年もないですよね、多分」

「……ですわねえ」

　隣界の歴史は恐らく三〇年から五〇年程度、と響は目算した。

「だからここは、全く新しい世界なんです。うーん、フロンティア！　さて、それで問題になるのはですね。準精霊たちの時代がてんでバラバラな理由です」

　響は少し念じて、ボールペンでさらさらと空中に何かを描いた。

　霊力を集積して具現化されたそれは、いささかこの場には似つかわしくないオブジェクトだった。

「ええと……何なのかしら、こちらは？」

　狂三が戸惑うのも無理はない、それは線路のミニチュアだった。

「説明のためのオブジェです。こちらの大型で長いレールが現実時間、こちらの小さめで短いレールが隣界時間と考えてください」

　ふむ、と狂三は頷いた。響はそれぞれの線路に、二つの列車を置いた。

「そしてこれが『時間の流れ』です。時間は一方通行であり、どちらも前に進むだけです。

これはいいですよね？」

「ええ、もちろんですわ」

「この二つは並列して移動しています。体感速度はどちらも同じ。一秒は一秒、一年は一年です。そして――」

線路の真ん中あたりに列車を移動させた響は、大きい列車から、小さい列車に向けて、ボールペンで複数の線を描いた。

「現実世界と隣界は、繋がっていない訳ではありません。細々とですが、確実に繋がっています。隣界編成がいい証明ですね。あれは、現実世界からの呼び声です」

響はボールペンを放り投げると、その線をなぞる。

「そして、隣界編成ともう一つ、現実との接続が実証されているのが……」

「準精霊、という訳ですわね」

「そうです。準精霊はこうして、現実から隣界へとやってきます。この時、時間の線はてんでバラバラです。線が平行に真っ直ぐ伸びるのではなく、角度をつけてやってくる訳ですね」

「どうしてこうなるのでしょう」

「さっき体感速度が同じって言いましたよね？　相対速度は違うのかもしれません」

「……？」

こてん、と狂三が首を傾げる。響は「あらかわいい」と呟きつつ、二つの列車を両手で持った。そして現実の線路を走る列車を遅く、隣界の線路を走る列車を速く動かす。

「現実は隣界より遥かに人口が多く、あらゆる要素が複雑に絡まってます。厳密な物理法則があり、霊力は薄い、ですよね？　それに比べると、隣界なんていい加減の極みです。何しろ、物理法則に従うべき肉体すら覚束ないんですから」

「でも、そうなれば現実は引き離されるばかりですわ」

「いいえ、この線が押し留めます。現実と隣界の大きさを比較検討すると、遅い現実は、常に隣界を引っ張っているんです。喩えるなら……巨大な現実が、錨のような役割を果たしている感じでしょうか」

「なるほど……」

「……でも……そうなると……」

響が口ごもる。

「どうなさいました？」

「……いえ、まあ……何でもないです。ともかく、狂三さん気を付けてくださいね。現実に飛ぶときに、力加減を間違えると——」

「とんでもなく過去に飛ぶか、とんでもなく未来に飛ぶか、ですわね。気を付けるとしましょう。まあでも、力加減でどうなるものかは分かりませんけれど」

「ですねー」

けらけらと響は笑い、それで隣界の時間についての話は終わった。

違う時間軸、過去あるいは未来に飛ぶ恐怖はあるにはあるが、それは到達したときに考えればいいだけだ。

……そして、三つ目の問題。

「響さん」

頭が痛い、とばかりに眉間を押さえる。最初の問題と二つ目の問題は、時間の流れに任せるより他ないが、この三つ目の問題は緊急性があり、状況的にも最悪だった。

仕込みは済んでいる。

そもそも、自分の弱点として響を使うのは当然の話だ。敵である白の女王(クイーン)に対し、狂三は善性を信じる訳にはいかない。むしろその逆、悪意が一〇割と考えるべきだろう。

そんな彼女が、響を捕らえるとはどういうことか。

殺す、人質にする、まずこの二択が考えられる。だが、どちらも下策だ。殺せば捕らえた意味がなく、人質にしたところで狂三は止まらないし止まる気もない。狂三が屈すれば、どちらにせよ終わりなのだ。

だが、その場で殺さずに攫(さら)った時点で女王の企(たくら)みは読めている。

ルーク、ビショップ、ナイト。

女王に付き従う三幹部は、女王の能力【蠍の弾(アクラヴ)】で生み出された、異形の戦闘能力を持つ兵隊たちだ。

女王がエンプティに【蠍の弾(アクラヴ)】を撃つだけで、彼女たちは三幹部へと〝羽化〟する。

そしてそれは、恐らく緋衣響に対しても有効だろう。チェスというよりは将棋のように、女王は取った駒(ピース)を悪用する。

「……そのはずですわ」

女王が考える手としては、妥当な線だ。ほぼ間違いなく、女王は響を兵隊として送り込み、最終決戦に投入するだろう。

ほぼ。もしかすると、女王は気紛(きまぐ)れで響を殺すかもしれない。その可能性だって、低い訳ではない。女王の悪意が予想を上回れば、殺すことこそ最善策だと考えるかもしれない。

……厄介なことに、それは正しい。

もし緋衣響が殺されれば、それは時崎狂三の敗北だ。しかしもう、賽(さい)は投げられた。

やるしかない。一世一代の大芝居を即興(アドリブ)で演じきるしかないのだ。

そしてそれには前提として、緋衣響が女王に屈してもなお、〝大切なもの〟を頭に刻み込んでいる、と信じなければならないのだ。

「やれ、やれ」

大きくため息をついた。いつもなら落ち着かせてくれるはずの彼女(ひびき)がいないせいで、狂三の心は千々に乱れていた。

時間は止まらず、過ぎていく。

二時間が経過し、第二領域(コクマー)が戦場になる時が訪れた。

◇

第二領域(コクマー)への門(ゲート)が開いた。

目についたのは書籍とそれをしまい込む本棚で作り上げられた床、壁、天井。ある種、偏執狂的とさえ言えるほどの内装に、ナイトはくすくす笑った。

兵士(エンプティ)たちは三幹部の指示通り、整然と列を並べて行進していく。

「罠(わな)はないようだ」

「観念したか？」

「あははは、まさかー」

ルークとビショップの言葉を、ナイトはあっさりと否定した。道はひたすら真っ直ぐ。出会う者は誰もいない。

だが、すぐに彼女たちは感じ取った。

「……いるな」

「でしょ？」

ルークの表情が引き締まる。自分という存在は白の女王(クイーン)がいる限り、消えてなくなることはない。彼女が【蠍の弾(アクラヴ)】を使用すれば、それで次のルークが生み出される。

だが、現時点でのルークの意識は喪失する。死ぬことは怖くなくとも、女王の役に立たないことが恐ろしい。

地下への階段を降りていく。光量が減っていき、少し薄暗くなる。ルークは鼻歌交じりで歩くナイトを見て、顔をしかめる。

ルークとビショップは、共に女王に心酔する者。

だが、新しいナイトは違う。女王に対する敬意など、微塵(みじん)もないかのように気楽な口調。造反するのではないか、と二人は女王に提言した。

だが——それに対する答えは、女王の薄い微笑(ほほえ)みのみ。このナイトは、特別なのだ。

味方であるからこそ、嫉妬に焦がれそうだった。

そして、二人の視線に気付いたナイトは、へらりと笑いかける。

「どうしました？　わたしに、何か問題でもあります？」

「いや……」

「大丈夫ですよ、皆さんが心配なさっているようなことは有り得ません。わたしは、女王に仕えて、時崎狂三を滅ぼす者。そう定められたから、そう動きます。さ、殺しましょう殺しましょう！」

ナイトは剣を抜き、地下通路を真っ直ぐ歩く。

行く手に待ち構えているのは、災厄の化身。凄まじい殺気を、事もなげに撒き散らす悪夢の具象。

精霊というよりは死神が佇んでいるよう。

時崎狂三が、そこにいた。

「――いらっしゃいませ、皆様」

彼女の声にルーク、ビショップ、ナイトがエンプティたちの前に出る。

「あら。女王はいらっしゃらないんですの？」

「すぐに来る。我々があなたたちを皆殺しにした後でな」

ルークの言葉に、狂三がくすくすと楽しそうに笑う。

「冗談がお上手ですわね。頭数を揃えて、どうにかなるとでも？」

「思ってますよー」

ずい、とナイトが一歩前に出た。狂三の顔が露骨にしかめられる。その表情を見て、ナイトは楽しそうに顔を歪ませる。

「わたしはあなたと殺し合います。あら不思議、あなたはわたしに掛かりっきりで他の人に気を配ることができません。だったら、残りは死ぬしかないですよね？」

「……なるほど。そういう残り方ですのね。女王らしい、陰湿なやり口ですこと」

投げ放たれた狂三の言葉に、さすがにルークとビショップが気色ばむ。

「二人ともやめてください。これは、わたしと彼女の問題です」

一歩踏み出しかけた二人を、ナイトが剣を掲げて制止した。

「作戦通りです。わたしが彼女を抑えて、あなたたちが他を殺す。二度は言いませんよ？」

「……分かっている」

「了解した」

ルークとビショップが、渋々と狂三の後方に陣取っている準精霊たちに目を向ける。

ビスケットスマッシャーの異名を取る蒼、支配者(ドミニオン)であるアリアドネ・フォックスロットやキャルト・ア・ジュエー。その更に背後に、篝卦ハラカ。

最後尾に、通路を完全に塞いだバリケードが築かれている。その上に、第二領域(コクマー)の支配者(ドミニオン)である雪城真夜と、もう一人の時崎狂三が立っていた。

人数はこれで全て。

いくら個々の実力が突出していても、これでは勝ち目がない。唯一の懸念(けねん)があるとすれば、やはり時崎狂三だろう。

「それでは自己紹介を。わたしはナイト、女王に仕える三幹部の一人です」

「あらあら。ご丁寧な挨拶をどうもありがとうございます。わたくし、時崎狂三と申しますわ」

優雅にカーテシーを行った狂三は、剣を突きつけるナイトに柔らかく、そして楽しげな笑みを浮かべた。

「……そんな風に笑えるんですねぇ、あなた」

「ええ。この状況で、切羽詰まった笑顔など——わたくしの誇り(プライド)にかけて許しませんわ」

「それはどうでしょう。この状況は、もう笑う程度ではすまないはず。だってわたしと戦うことになるんですから」

すぅ、と狂三は小さく息を吸ってそれきり止めた。

睨む、睨む、睨み据える。

いつしかナイトの笑みも消え、呼吸も止めていた。まるで時間が静止したような感覚に、狂三は背筋に悪寒にも似た何かを感じた。殺されるという予感があり、眼前の少女が凄絶な強さである、という確信があった。

「ところで――」

ナイトが口を開く。それと同時に俊足極まる踏み込み、狂三は「ところで」から続く言葉に耳を傾けていたせいで、僅かに反応が遅れた。

小手先の技であるが、ナイトの身体能力が狂三の隙を突くことを可能にした。

一刀、一斬。狂三は胴から分かたれるはずであったし、ナイトはその光景を幻視した。

だが。

「あら、あら、あら。随分とまあ、姑息ですこと」

「あっちゃあ……」

〈刻々帝〉の象徴である古式銃が二丁、交差した状態でナイトの剣を防いでいた。

狂三はくるりと身を翻すと、ナイトが驚嘆する手段で彼女を攻撃した。側頭部の衝撃で、脳が痺れるような感覚。綺麗な後ろ回し蹴り、ダメージは然程でもないがとにかく驚いた。

「蹴るとか……あり……ですか？」

唖然(あぜん)とした様子で、ナイトが問い掛ける。その、慣れ親しんだ表情に狂三は薄く笑う。

——ああ、本当に最後の最後で難敵ですわね。

心の内側で自嘲して、狂三は戦争の火蓋を切った。それは魔法の文句(マジックワード)のようなもので、この戦場に相応(ふさわ)しいものであった。

「さあ、戦争(デート)を始めましょう。ナイト」

——〈刻々帝(ザフキエル)〉。

狂三の天使が駆動する。

「はい！　それじゃあ、女王のために——違うか、わたしのために！　どうぞ、この殺し合い(デート)に、お付き合いくださいませ」

——〈王位簒奪(キングキリング)〉。

ナイトの無銘天使が稼働(かどう)する。

それは巨大な鉤爪(かぎづめ)ではなく、一振りの長剣に成り果てている。

かくして精霊と騎士が激突し、隣界の存続を懸けた戦争が開始(はじ)まった。

○戦士たちに明日はなく

蒼は、最初からルークとビショップは無視することにした。広域的に最大火力を発揮できる自分は、とにかくエンプティを減らせという狂三の言葉に従い、雲霞の如き軍勢へ真っ直ぐに吶喊した。

「吹っ飛べ」

叩きつけられたハルバードは、大地を砕いて谷を作り上げ、エンプティたちを呑み込んでいく。

振り回す度に、最低一人最高八人近くのエンプティが砕かれて消えていった。

反撃の暇を探す余裕すら与えない。蒼は小型の台風であり、竜巻であり、ブラックホールに等しい。周りにいるだけで、無条件で殺される。

だがしかし。エンプティたちは、そもそも死を恐れない。彼女たちは最早、個人としての思考すら消え失せている。連結する思考は膨大なネットワークとなり、集合知が機能していた。

故に、彼女たちは結論づける。

物量で圧(お)せばいい、いずれ誰かが耐えられずに崩れ落ちる。

蒼を取り囲んだエンプティたちは、ほんのわずかな傷を負わせるために命を捧(ささ)げ、そして少しずつ蒼は傷ついていく。

蒼が巨大な獣であるなら、エンプティたちは軍隊蟻(あり)だ。そして、数が多く凶猛である軍隊蟻は、獣を凌駕(りょうが)する暴力性を有している。

アリアドネ・フォックスロットとキャルト・ア・ジュエーは互いに互いを守りつつ、手堅く戦い続ける。

煌(きら)めくトランプと閃(ひら)めく銀の糸が迫るエンプティたちを的確に適切に刻んでいく。

「アリアドネ、そっちにいった！　抑えろ！」

「ああもう面倒ぅー！」

嘆きつつ、アリアドネが発奮して両手を振り回す。

「無銘天使〈太陰太陽二四節気(たいいんたいようにじゅうよんせっき)〉——一太刀・石火星霜(せっかせいそう)！　横斬り、頭下げて！」

キャルトが素早く身を沈めると、アリアドネが操る水銀の糸が螺旋(らせん)を描いて絡(から)み合っていく。一振りの刀になったそれを彼女は横に薙(な)いだ。

アリアドネ・フォックスロットの無銘天使(ぶき)は水銀の糸であり、彼女はそれを自在に操ってありとあらゆる形(カタチ)を作り上げる。

刀を作り、網を作り、鞭を作る。

そしてついでに言うと、作り上げたモノは決して不動ではない。

「伸びろぅっ！」

その一言で刀身は蛇のように蠢き、倍の長さに伸びた。間合いの外側だと判断していたエンプティたちはあっという間に寸断された。

「……少し髪の毛切れたよ⁉」

「華麗によけなよぅ、そういうイメージで売ってるくせにぃ！」

キャルトの抗議を、アリアドネは無碍に却下する。

「イメージと現実は別物だろう⁉　というか、普通は頭下げてから斬るだろ！　斬りながら頭下げてって叫んでも反応遅れるに決まってるじゃん！」

「……」

「おい黙るな。むしろ怖くなるだろ」

「あはははは！」

「笑うな、さらに怖い！」

ごめんごめん、と謝りながらアリアドネは糸を振るう。正直に言って、状況は絶望的だ。勝利するにしても、犠牲の一人や二人は覚悟すべきだろう。

そして多分自分は犠牲の枠組みになる、とアリアドネは確信している。

怠惰を選択した。真夜（まや）のように秘密を守るために動くのではなく、ハラカのように少しでも状況を良くしようとするのでもなく、何も見なかったし何も聞かなかった……ということにした。

少し前ならば、怠惰が正しかったと胸を張れた。でも、こうして危機に陥って思う。

自分は、自分でやるべきことがあったのではないか。できることがあったのではないか。

真夜もハラカも頑張っていた。自分の領域の統治だけではなく、秘密を守るために。

自分は、何もしていなかった。

そのつけを、今ここで支払っている気がする。それは自己に嫌悪（けんお）を催させるものであったが、同時に気楽な気分でもあった。

——ここで死ぬまで戦う。

そう決めた。そう決めたら、心が軽くなった。久しぶりに眠気も吹き飛んだ。

時崎（ときさき）狂三のせいか。などと考える。あれは、暴風だ。近付いた者を蹴散らし、取り込み、何もかもをしっちゃかめっちゃかにする。

普通ならば、ふざけんなと言いたくなるところだが——。

どうしてか、感謝の念すら浮かんでくる。

「おい！」

キャルトの声に、アリアドネはすぐに状況に気付いた。背後に忍び寄っていたエンプティが、胴体を両断されつつもこちらに肉薄していた。

薄い笑みを浮かべながら、持っている霊晶爆薬（ニトロドレス）に霊力を送り込もうとする。

「あ――」

詰んだ、とアリアドネは確信した。発火は既に始まっていて、導火線を斬ることはできない。あと一秒にも満たない間に、アリアドネに爆風が直撃するだろう。水銀の盾――間に合うだろうか、ともあれ全力で行使してみるが。

見立てでは、少し間に合わない。これは困った、とアリアドネは思う。まだまだ戦いは長いのに、戦わなければならないのに、ここで死ぬのは――申し訳ない、と思う。

……生きたい。

まだ、もう少し戦いたい。戦わなければならない。

痛切な感情が、全身を貫いた――まるで、落雷に撃たれた気分。しかし、間に合わない。

霊晶爆薬（ニトロドレス）が起動するまで一秒にも満たない。

一秒にも満たない。

一秒、にも――――？

「〈刻々帝〉――【七の弾】」

時間が停止している。霊晶爆薬は爆発せず、両断されたエンプティは結末を見届けることなく消えていった。

「〈太陰太陽二十四節気〉――茨葛！」

咄嗟に作り上げた水銀の鞭で爆薬を搦め捕り、エンプティたちの元へと放り込んだ。

時間が動き出す――派手な爆発。

どうやら、まだ自分は生きていられるらしい。今のは、時崎狂三の天使〈刻々帝〉――時間を停止する弾丸だ。

気付けば、まだ自分は戦える。体が動き、エンプティたちを薙ぎ倒していた。

「無事なようで何より！　だが、狂三様の手を煩わせたのはちょっと許せない！」

「分かってるよぅ！」

スペードが呆れたように肩を竦めて言った。

『単に命を救われて嫉妬しているだけだから、気にしなくていいでござる』

「的確にボクの心を抉るのは止めるんだ！　ボクは狂三様に迷惑を掛けないからネ！」

『あー、優等生ってクラスメイトの心にあんまり残らないッスよねー』

「どうしてボクのトランプはボクの心を抉るんだコンチクショー！」

ヤケッパチのような叫びと共に、残念な眉目秀麗少女であるキャルトは半べそをかきつつ、エンプティたちに突進した。

『しょうがないのであると思うがいい！』

『黙っていれば天下無敵の男装乙女なのに……なんで我が主はこう、アレなんでござるか』

『まあ見捨てる訳にもいきません。皆さん、頑張りやがってくださーい！』

トランプたちが意気揚々と走り出す。

とん、と肩を叩かれて振り返ると篝卦ハラカが、符を手渡した。

「少し休みな。疲れてるだろ。ここはアタシがフォローする」

「あー、うん。そうするぅ」

死ぬまで戦うつもりだったアリアドネは、当然休憩なんか不要だと考えていたが、戦い続けるのであれば、それは必要だ。

後方に移動し、ほんの少しであるが息をつく。

まだ生きていられる、という安堵が全身に染み渡る。一分にも満たない時間ではあるが、呼吸できたアリアドネは再び戦線に復帰した。

それにしても、とアリアドネはちらりと狂三に目をやる。

時崎狂三の〈刻々帝(ザフキエル)〉――欲しかった一秒以上の時間を世界に割り込ませる、超級の異能。

だが、真に恐ろしい（いや、素晴らしいと褒めるべきなのだがアリアドネ的には褒め言葉のつもりだ）のはそれではなく、タイミングだ。

一秒遅ければ、間に合わなかった。当事者であるアリアドネですら、気付いた一秒後に爆発するという致命的な状況。

それを彼女は、別の敵と戦いながら把握して瞬時に自分の取るべき道を選択。狙いを一点に定めて射撃した。

人を凌駕する魔人の如き絶技。

それにアリアドネは救われた。

「……ありがとーぅ！」

アリアドネの叫びに、狂三は答えない。いや、正確に言うと答える余裕がなかった。

それは、単純な速度比べだった。

歪んだ刀身の長剣を巧みに操るナイトと、古式銃でそれを捌(さば)いては零距離(ゼロ)で撃ち放つ狂三。

攻撃力・守備力・速度、全てにおいてほぼ互角。で、あるならば。近接戦闘であるこの状況は、狂三にとって不利のはず。

だが彼女のスペックはそれを容易く覆す。古式銃を剣のように操り、零距離射撃と組み合わせてあっさりと優位性を築き上げた。

「……はっ！」

ナイトの攻撃は苛烈であると同時に、整理されている——と狂三は思う。剣を構える姿が、あまりに堂に入っていた。

闇雲に剣を振るっているのではなく、体系的に整理された技と構えを使っている。

「ドイツ式武術……ですわね」

「良くご存じ、でっ！」

一四世紀頃に成立したと言われているドイツ式武術は、ロングソードの技を基本とする。

狂三の記憶が確かなら、戦闘における主導権を握ることを最重要視していたはずだ。

〝屋根〟の構え——上段に剣を掲げた、日本でいうところの八双の構えを取ったナイトが楽しそうに言う。

「あなたが知っているとは思いませんでした」

「きひひ」

なぜ、こんなに詳しいかと言うと。一時期、色々あったのである。その辺りのことは、少々プライベートなことなのでこれ以上踏み込むな、そこは地雷原でしてよ？　と狂三は彼女に思って願って祈った。

ナイトは戦闘を続行しようとしていて、会話を続ける気はなさそうだ。狂三は心底ホッとした。

「では――いきますよ！」

勢いよく駆け込んで、上段からの振り下ろし。憤撃と呼称される剣技を、狂三は半身になりつつ長銃を横薙ぎ気味に叩きつけた。

回避されると確信したナイトは即座に技を切り替えることにした。憤撃へのカウンターはドイツ式武術では一般的な対応であり、それに対処するための技も当然存在する。

今、ナイトの剣は振り下ろしても狂三に届くことがない。一方、長銃を叩きつけた狂三の銃口は、真っ直ぐナイトへと突きつけられている。

引き金を引けば、直撃する。一発程度で死ぬことはないが、なるべく回避したい。

（――なら！）

思考、あるいは本能ではなく、膨大な経験による即応。ナイトは狂三の銃を握る手に注意を払いつつ、巻き取るように剣を動かした。

銃を握る手に注意を払うのは、引き金を引くときの微細な挙動を見逃さないようにするため。狂三は引き金を引く――だが、ナイトの方が速かった。

コンマ数秒の遅れが、狂三の銃撃を無意味にし、同時にナイトの斬撃を痛打とする。

「……！」

ナイトの斬撃は、狂三の腕を掠めただけだ。わずかに血が飛び散り、ナイトの顔に付着する。

「はぁ――ぁぁ」

血の、甘い香りに、頭が陶然となる。

時崎狂三の血が好きだ。

「さあ、さあ、戦いましょうか。時崎狂三！」

その呼びかけに、狂三は一瞬だけ奇妙な表情を浮かべた。悲哀のような、怒りのような、憐憫のような、そんな顔だった。ナイトはわずかに怯んだが、すぐにそれを気のせいだと片付けて、血気盛んに大剣を振るい始めた。

「〈王位簒奪〉――！」

ナイトの持つ剣は名前こそ同じだが、砕け散ったあれとは別物らしい。かつて、凄まじいピーキーさと外見の凶悪さ、そしてポンコツな攻撃力を誇った緋衣響の無銘天使。

「……なるほど。ナイト、あなたが緋衣響と主張する訳ですわね」

「大正解。その通り、でーす！」

ナイト――緋衣響はニタリと、薄気味悪い笑顔で頷いた。

狂三はやれやれ、と何度目かのため息をついた。

「では、わたくしとしては止めない訳にはいきませんわね。ナイト、あなたに選択肢を差し上げますわ」

「選択肢……？」

「わたくしに屈するか、わたくしに殺されるか。その二択です。どうしますの、ナイト？」

その問い掛けを、ナイトは鼻で笑った。

「あなたが殺されるという結末しか、有り得ませんよー！」

ナイトは踏み込みつつ、再び〝屋根〟の構えから振り下ろす憤撃を行う。回避と同時、迎撃を行おうとして古式銃を構える狂三だが、ナイトは途中で技を切り替えた。

防御と弾道を見切り、自身の位置をステップで移動。更に縦の斬撃から横薙ぎに切り替え、狂三の隙が出来た場所――左脇に斬り込んだ。

「……ッ！」

狂三の弾丸があらぬ方向へ飛んだ。その反動を利用してサイドステップ、左脇への斬撃は剣の切先が掠めただけに留まった。

だが、その一撃は狂三の想像以上の苦痛をもたらした。

「これは……」

零(こぼ)れている。血ではなく、霊力が零れている。いや、強奪された……？

「これがわたしの能力です。あなたは傷を負うたび、霊力も奪われていく」

その言葉通り、幾つかの銃撃で傷ついていたはずのナイトの体が修復されていた。

「どうぞどうぞ、いくらでも撃ってくださいませ。わたしは用心深く、あなたを少しずつ傷つければそれでいい。さてさて。わたしを殺すまで、どのくらいかかるでしょう？　その間に、お仲間さんたちが死なないといいですねー？」

悪辣な嘲弄――時崎狂三は、その挑発を鼻で笑った。

「あなたを倒すのに、それほど時間は必要ありませんわよ」

古式銃を構え、声高らかに宣言する。

「〈刻々帝(ザフキエル)〉――【一の弾(アレフ)】！」

加速する。狂三の踏み込みは、ナイトの知覚を容易く凌駕(りょうが)した。速い、と驚愕(きょうがく)する彼女の眼前に銃口が突きつけられ――。

篝卦ハラカは、霊符を飛ばして戦場を俯瞰する。蒼が暴れ回るお陰で、キャルトとアリアドネも比較的落ち着いた状態で対処できている。

ギリギリの均衡はしかし、エンプティたちだけを相手にしているからこそだ。

ハラカは霊符を飛ばして、彼女たちの行方を探っている。三幹部――ルークとビショップ。

ナイトは狂三と戦っている以上、問題ない。狂三でダメだったら、誰が何をやっても恐らくダメだろう。

だが、問題は残りだ。三幹部の内二人が、いつのまにか姿を消していた。

《真夜、後ろには来てる？》

《……ううん、誰も来てない。撃ち漏らしのエンプティを相手に戦うだけで済んでいる》

ハラカの念話に、真夜が応じた。

《シスタスを増援に行かせても問題なさそう。ハラカ、どうする？》

《三幹部のルークとビショップの姿が見えない》

《……こちらにはいない》

《だが、動かない理由がない。アタシは、何かおかしいと思う》

《白の女王(クイーン)を待っている……とか？》
《かもしれない。ただ、そうするとますます分からない。なぜ、女王はまだ出てこないんだ？》
　バリケードに立て籠もっている真夜は、ハラカの言葉に首を傾(かし)げる。
《それは……分からない》
　今、どれほど健闘していたとしても女王が来れば形勢は逆転する。エンプティたちは熱狂と共に奮戦し、三幹部は死んでも死んでも蘇(よみがえ)るようになる。
《……もしかすると、時崎狂三を警戒しているのかもしれない》
《あー、やっぱソレかァ……》
《彼女の動きと、彼女の能力と、彼女の作戦を把握しなければ、完全な勝利はない》
　白の女王(クイーン)が、自分たち支配者(ドミニオン)を恐れるということはまず有り得ない。彼女が恐れるとすれば、第三領域(ビナー)で一太刀報いたという時崎狂三だけだ。
　狂三は「あれは、サッカーの試合で言うならば終始押し切られて、最後の最後で一点返して引き分けに持ち込んだようなもの。勝ったという訳ではありませんわ」と苦い表情で言っていたが、自分たちからすると、それすらも奇跡的だ。
《となると。動き方として考えられるのは――》

真夜ははっとして、狂三を見た。ナイトと一騎打ちを繰り広げている狂三に、一人ひっそりと近付く輩がいる。

《ハラカ！　三幹部、ルークが出た！　時崎狂三を狙っている！　援護を！》

《あいよ、了解！》

ゆっくりと、戦場の様相は初期から変化を始めた。第二ラウンド、開始である。

◇

——強い。

喩えるなら暴風、狂三の本気と狂気が窺えるような攻撃。【一の弾】による加速と【二の弾】による減速を織り交ぜ、相手を一方的に打ちのめす。

加虐嗜好というよりは論理的に、ナイトを殺すための最善手を打ち続けている。

——このままだとマズいですねー。

だが、当然ながらナイトも手をこまねいている訳ではない。彼女の操る〈王位簒奪〉により、度々傷を負わせては霊力を吸い上げた。だが、狂三は即座に【四の弾】を使用して、傷を修復。霊力の吸収を最低限に留めている。

つけた傷から霊力を吸収し続けるのがナイトの無銘天使だが、傷が塞がってしまえば否応なく無効化される。

それでも、狂三の霊力は減少する一方だ。見立てではおおよそ半減。もう少し粘れば、彼女は〈刻々帝〉を顕現することすらも不可能な状態に陥るだろう。

狙いはそこから。

それまでは、徹底的に牽制の一手だ。ナイトが剣を構え直し、狂三は再びの突撃――をする寸前、ピタリと足を止めた。

「ふーむ」

そう呟き、訝しげにナイトを眺めている。

「……どうしました？」

「いえ、何と申しましょうか。他愛もないですわね、あなた」

「ひどい言い草ー！」

「となると、何かを狙っていると考えるのが妥当ですわね。女王の気配はなく、わたくしに集団で襲いかかるような愚を犯すこともないですし」

当然だ、とナイトは思う。狂三のもう一つの能力は〈時喰みの城〉。〈刻々帝〉を使用する際に消費する時間を吸収する能力。

だが、対抗策はないでもない。まず、狂三の周囲に有象無象の雑魚(エンプティ)を配置しなければいい。発動にタイムラグがあり、射程距離もそう大きくはない。回避は充分に可能だと、ナイトは知っている。

「となると、狙いは一点に絞られますわね」

ニヤリ、と狂三が笑う。

「──ルークッ！」

ナイトが叫ぶ。死角から飛び出るは、

「もえろ」「かがやけ」「わかれろ」「とべ」

赤い大鎌──原色の無銘天使〈紅戮将(バーミリオン)〉。

燃えさかりながら分裂、一切の逃げ場を許さぬとばかりに取り囲む。

「〈刻々帝(ザフキエル)〉──【一の弾(アレフ)】・【二の弾(ベート)】！」

【一の弾(アレフ)】を自身に撃って全身を加速、飛来する鎌の三割に間髪容(い)れず【二の弾(ベート)】を撃ち込み、速度を鈍化させる。

その上で、全ての鎌を撃ち落とした。

「……っ！」

ルークは瞠目(どうもく)する。

驚嘆すべきは能力でも銃の腕でもなく、判断力。三割止めれば全ての鎌を撃ち落とせると認識した上で、〈刻々帝(ザフキエル)〉の使用を最小限に抑え込んだ。時間の浪費を恐れて【二の弾(ベート)】を減らせば、捌(さば)ききれなかった。けれど、これ以上弾丸を使用すれば、それは時間の浪費だった。

傷一つつかず、無駄も省き、最速最効率でルークの技を回避した時崎狂三は、かつて戦ったときよりも、遥(はる)かに強くなっていた。

「【蠍の弾(アクラヴ)】で生まれ変わる割には――」

振り向いた狂三とルークの目線が絡(から)み合う。死への恐怖ではなく、時崎狂三そのものへの恐怖で、背筋が凍り付く。

笑いながら、狂三は告げる。

「ルーク。あなた、大したことありませんわね？　成長性がゼロでは、あの女もさぞかし落胆しているでしょう？　きひひひひ」

「……貴様ッ！」

恐怖より、憤怒(ふんぬ)が上回る。その攻撃を、狂三は真正面から受け止めざまに短銃で射撃。

だが怒りで我を忘れたルークは、弾丸をものともせずに接近する。

振り下ろし、横薙(な)ぎ、袈裟懸(けさが)け、高速で空間を切り刻む〈紅戮将(バーミリオン)〉の斬撃を、狂三は哄(こう)

笑(しょう)と共に紙一重で回避した。

「ナイト！　捕らえろ！」

「はいはーい。やらせていただきまーす！」

軽い口調でナイトが狂三の懐(ふところ)へと飛び込んできた。斬撃の数量が倍に増えたが、狂三は平然と紙一重でそれを回避し続ける。

回避だけでなく、銃撃とフェイントを織り交ぜて動く様は、踊るような美しさがあった。

ナイト一人では勝てず、ルークが加わっても勝てない。となれば、彼女たちは最後の一人を投入するより他ない。

屈辱ではあるが――余裕で二人の斬撃を捌く狂三は、三幹部の手に余る。ビショップを投入し、作戦を第二段階に移行する。

「ビショップ」

ルークの呼びかけに、影からするりとビショップが姿を現した。

「――了解」

「あら、あら。三人目、ですわね」

狂三が一旦間合いを取った。揃(そろ)った三幹部を見て微笑(ほほえ)む。

ビショップ――青髪の少女、ルーク――黒髪の少女、ナイト――白髪の少女。それぞれが手にしている無銘天使はレイピア、大鎌、長剣。

「では、三人ご一緒にどうぞ」

くいくい、と狂三が三人を手招いた。ルークは怒りの形相、ナイトは笑いながら、ビショップは無表情でそれぞれ攻撃を仕掛ける。ルークが飛び、ナイトが突撃し、ビショップは死角を突いた。

先制する、躱す、防御る、反撃、対応するための手段をフル活用して、狂三は三幹部と拮抗する。狂三は致命傷を受けることなく捌ききるが、三幹部も傷を負うことはほとんどない。

時間との勝負。その想いはどちらも同じ。

「〈刻々帝〉――」

「させん！」

【一の弾】、【二の弾】のどちらにせよ対応できるように接近する。誰かの攻撃が当たれば、それでいい。狂三が攻撃に踏み込めないのは当然だ。

三幹部のナイトが緋衣響である限り、狂三は攻勢に出られない。

故に、ナイトが前面に出てビショップとルークが援護に回る。

ナイトが傷をつける度に霊力が流出し、〈刻々帝〉を使用する度に時間が削れていく。

そして後戻りできない状況下になってから、満を持しての女王の出陣。時崎狂三の首級(くび)を挙げ、女王が夢を叶(かな)える。

——結論から言うと、その作戦は瓦解(がかい)した。

原因は幾つかあるが、最大の理由は——時崎狂三を見誤っていたことだろう。

狂三は失うことの恐怖を知っていた。どんな行動を取れば大切なものを失うのか、過去の経験で理解していた。

迷えば死ぬ。臆せば殺される。綱渡り(タイトロープ)のような生き方を、長い間続けてきた。それは本体の記憶でもあるが、分身体である彼女にもその過去は刻まれている。

故に、時崎狂三は慎重に冷静に、凍るような思考を保ちながら、必死に見定めた。

時間との勝負——〈刻々帝(ザフキエル)〉を使えなくなるより先に、作戦を実行せねばならない。狂三は内心の焦燥を押し殺しつつ、間合いを取るべく後方へ跳躍。追おうとする三人を制止するように、声を掛けた。

「ああ、ああ。もう、いいですわ」

「……何……？」

訝しむルークに、狂三は笑う。

「何と申しましょうか。考えたのはどなたです？　響さんではないですわね、あの子はわたくしのわたくしらしさを知り尽くしていますから」

「ええと……何を仰(おっしゃ)ってるのか、全然分からないんですけどー」

「では、お教えいたしますわ。ナイト、あなた響さんではないですわね？」

ぴたりと、ナイトの動きが停止した。

「ど——」

どうして、と。反射的に言おうとして踏み止(とど)まったが、その時点で答えを言ったも同然だ。ナイトは、ただのナイトであり、それ以上の何者でもなく。無銘天使の名前は、〈王位簒奪(キングキリング)〉ではなく〈黄昏の血剣(トワイライト・ブリンガー)〉。

そして緋衣響に見せかけた顔になり、口調を覚えて、自分が元々は緋衣響であるかのように振る舞った。

そうすることで、ナイトに安全なポジションを獲得させた。狂三がナイトを響だと認識する限り、彼女はナイトに反撃できない。そして、狂三の霊力を奪い続ける。

「まあ……アイデアとしてはそれなりに良かったですわね。不可解な要素があったとはいえ、しばらくは様子見をせざるを得ませんでしたもの」

「不可解な要素……？」

「もし、本当にナイトの元が響さんだとすれば。ポジションがおかしいですもの」

なるほど、狂三がナイトを緋衣響として認識してしまえば、攻撃はしにくい。だから、前面に出す。ここまでは正しい。だが、別の誰かの盾になろうとするなら話は別だ。

「ナイトが響さんなら、三人の中で一番重要なのはナイトであり、他の二人を守ろうとまで動いてはいけませんわ。ルークもビショップも、女王が到着すれば幾らでも取り替えが利く駒。ナイトを犠牲にしてまで守る価値はないはずですわ」

ナイトが前面に出て盾になることと、ナイトが他の二人を守ろうとする行為は、似通ってこそいるが、概念としては別物なのだ。

前者に意味はあるが、後者に価値はない。

「となれば。少なくともナイトは響さんではない、という結論に至りますわ。さて……どうせけちくさい皆様ですから、お答えになることはないでしょうけれど。どちらが緋衣響さんでしょう？　答えていただけるなら、楽に殺して差し上げましてよ。どうせ生き返るのでしょう？」

狂三の挑発に、彼女たちは怒りを抱きつつも決して乗らない。

まだだ、と己を奮い立たせる。もう少しで女王が凱旋するのだから、と。

「まあ、それならば。先ほどからちまちま鬱陶しい方を、打ち砕くのみですわ！」

狂三はそう告げると同時、猛然と攻撃を開始した。

ナイトは逡巡（しゅんじゅん）してから、自分の役割はこれだと前に出て、狂三の攻撃を受け止めた。無銘天使〈王位簒奪（キングキリング）〉改め〈黄昏の血剣（トワイライト・ブリンガー）〉を使い、どうにか狂三に傷を負わせようとする。

怖い。死が怖いのではなく、無為に死ぬのが怖い。狂三はあっさりと、こちらの策を看破してしまった。まだだ、まだ女王の役に立てていない。

狂三の背後に巨大な時計。

「〈刻々帝（ザフキエル）〉！」

狂三は自分を撃ってから、銃口をナイトに向けた。【一の弾（アレフ）】を自分に撃ち、ナイトには減速を行う【二の弾（ベート）】か、停止を行う【七の弾（ザイン）】を撃ち込むつもりだろう。いずれにせよ撃たれるより先に斬ってしまえばいい。

女王のために、加速しろ。放つ技は三度目の憤撃、踏み込みは迅速に。後は、一気呵成（いっきかせい）に振り下ろすだけ。

奇跡が起きた。弾丸を、回避できた。好機は一度きり、これを逃すなんて有り得ない。

咆哮（ほうこう）と共に振り下ろす。狂三はぼんやりと、振り下ろされる長剣を眺めている。回避しようとしない。絶対の自信を持って放った弾丸を回避できたせいか、それとも何か理由があるのか。

コンマ数秒の意識の差が、明暗を分けた。

ナイトの憤撃は、確かに狂三を両断した。

「——やりましたー！」

振り返って、ビショップとルークに胸を張ろうとする。最大の難敵を、幸運に恵まれて排除できた。後はもう、消化試合に等しい。女王に出陣してもらう必要すらない。支配者(ドミニオン)を倒して、女王が凱旋するための道を作るのだ。

「……？」

それで、気付いた。視界が暗い、痛みはないが体が急速に冷えている。立ち上がろうとして、手に力をこめる——一ミリとて動かない。

「な、に……が……」

「きひひひひ。都合のいい未来が見えるのも、善(よ)し悪(あ)しですわねぇ」

時崎狂三の声。彼女がなぜ生きているのかよりも、彼女の言葉が気になった。だが、その一方で聞きたくない、と本能が悲鳴を上げた。

「未来は常に不定形、選択でいくらでも変化いたしますわ。ただ、自分の意志で見た未来と強制的に見せられた未来では、行動が違いますわね」

「な——」

「〈刻々帝(ザフキエル)〉――【五の弾(ヘー)】」

今、狂三は自分と相手双方に向けて未来を見る弾丸を撃っていた。狂三は未来が見えたが故に、ナイトの行動を看破した。

そしてナイトは未来を見てしまったが故に、未来が確定したと早合点(はやがてん)してしまった。彼女が見た未来は誤った未来であり、狂三の行動が変わったことにより幻の未来となってしまった。だが、その欺瞞(ぎまん)を脳が知覚するより先に、狂三が撃った。

第三者からすると、ナイトは無策で突っ込んでいき撃たれたようにしか見えないに違いない。【一の弾(アレフ)】や【二の弾(ベート)】を選ばなかったのは、一射必殺を目的としたからだ。

時間の消費は激しいが、ナイトをここで始末しておきたかった。

「さて。お次はどちらでしょう?」

きひひひひ、と狂三は笑う。ビショップとルークは、己の無銘天使(ぶき)を構えたまま、その挑発に応じない。

「では、次はルークさんですの?」

「――いいや、次は我々ではない」

「……!」

その言葉が意味するところに、狂三は険しい表情を浮かべた。

ビショップとルークが跪(ひざまず)く。ふらふらと、夢遊病者のように頼りない足取りでエンプティが一人、狂三の眼前に立った。

少女の内側から、声がした。

「——さあ、決戦だとも。時崎狂三」

エンプティが眩(まばゆ)く光り、扉のように二つに割れる。ずるりと、そこから腕が出る、足が出る、体が出る。

「悪趣味な凱旋ですこと」

忌々(いまいま)しげに狂三は言う。エンプティという扉を潜(くぐ)り抜け、とうとう白の女王(クイーン)がその姿を現した。

違和感がある——狂三の内部で、何かが警告を発している。だが、狂三はそれどころではない。隣界(りんかい)最強の、そして最悪の敵を前にして、狂三の精神は昂(たか)ぶると同時に、微(かす)かな相反する感情を抱いていた。

「……口調が、元に戻っていますわね」

「それはそうさ。今の私は、〝将軍(ジェネラル)〟だ」

間違いなく、それは恐怖と呼ばれる感情だった。

第二領域(コクマー)、最終決戦場。遂(つい)に、災厄と災厄が再び真正面から対峙(たいじ)した。

◇

――そして。女王の登場で、ある程度有利に進んでいた戦況が一気に劣勢へと傾いた。

「マズい、士気が上がった」

「蒼！　一旦引け！」

ハラカの言葉に、蒼は一旦戻ろうと跳躍したものの、するすると体を伸ばしたエンプティが、しっかり足に絡(から)みついた。

「しまっ……！」

「蒼！　霊符『ドッペルゲンガー』！　間に合え！」

霊晶爆薬(ニトロドレス)が起動し、今度という今度こそ回避できなかった。だが、ハラカの霊符により、ハラカを模した人形が、爆薬をその体で覆った。

爆発するエンプティ、爆風で吹き飛ぶ蒼。

「ぐ、う……」

よろめきつつも、蒼はどうにか起き上がる。くすくすくす、というエンプティたちの笑い声が耳朶(じだ)を打った。

「あなたって強いよね」「うん、すごくすごく強い」「でもね、わたしたちには勝てない」

「絶対に勝てない」「数が違うの」「量が違うの」「想(おも)いが違うの」「ひとりぼっちで」「どうか寂しく」「滅んでちょうだい?」

　あははは、と笑うエンプティたち――――と、蒼。

　蒼は笑っていた。

「最高に面白い冗談をありがとう。あなたたちはなるほど、死を恐れない無限の兵隊だ。だが、無限にいるなら無限に叩(たた)き潰す。永遠に続くもぐら叩きとか、超得意。ああ、それから。あなたたちの呼吸も動きもこれで理解した。だからもう二度と、私に霊晶爆薬(ニトロドレス)は当たらない」

「ふふ」「馬鹿馬鹿しいわ」「どうやって」「そんなことが?」

「今、それを持っているのは――」

　蒼が突然、疾風が如(ごと)き勢いで走るとエンプティを上から叩き潰(スマッシュ)した。

　そして間髪を容(い)れずに消えかかった少女の体を蹴り飛ばす。宙空(ちゅうくう)高く打ち上げられた少女の体が、霊晶爆薬(ニトロドレス)で吹き飛んだ。

「挙動の怪しさから、コイツだと踏んだけど。どうやらアタリ。まだ他にも持っている人はいる?」

　エンプティたちが沈黙し、笑うのを止めた。そして同時に、自分たちの過(あやま)ちを心底後悔した。一気呵成に、考える余裕を一切与えずに襲うべきだったのに。

「……よし、いる。ソイツとソイツとソイツ。今から叩き潰すから、えーと、何だっけほら、あの、ええと……ね……ねん……」

蒼はしばし考えて、ようやく思い出した。

「念仏を唱えるがいいー！」

再び蒼が、〈天星狼(ライラプス)〉を振り回す。暴れて、暴れて、暴れ続けて、それでもいつかは力尽きて倒れるだろう。だがしかし、エンプティたちにとっての問題は。

はたしてそれが、いつやってくるか、だった。

篝卦ハラカは蒼が元気にハルバードを振り回し始めたのを見て、安堵(あんど)の息を吐いた。ギリギリで、爆発を体で防いだのが功を奏したのだろう。

だが。

「追い詰められてきてるな……」

じりじりと、エンプティの攻勢が激しくなっている。蒼は奮戦しているが、アリアドネとキャルトが圧(お)され始めていた。

理由は言うまでもなく、白の女王(クイーン)。彼女の登場で、エンプティたちの士気が爆発的に高まり、「わたしをご覧ください！」と叫びながらアリアドネたちに死も恐れず襲いかかり始めたのだ。

狂信——崇拝——それは、白の女王（クイーン）のカリスマ性のなせる業であり、支配者（ドミニオン）ですらも屈してしまう、悪辣な魅了だ。

第六領域（ティファレト）の支配者（ドミニオン）であった宮藤央珂（みやふじおうか）、第七領域（ネツァク）の佐賀繰由梨（さがくれゆうり）、どちらも女王に与（くみ）してしまった。

無垢（むく）な概念である、彼女たち（エンプティ）が囚（とら）われるのも無理はない。雪崩のように押し寄せてくる様は、生きる屍（しかばね）——ホラー映画のゾンビのようでもある。

《ハラカ。アリアドネがマズい。援護よろしく！》

《よしきた！》

真夜からの念話（テレパス）に応じて、ハラカは走り出す。走りながら、ちらりと唯一無二の希望である時崎狂三を横目で見た。

……自分たちがいる戦場の遥（はる）か向こう側に、凄絶な修羅があった。

遠くから目撃する狂三は、流星のようだった。それも、自意識を保持して自在に動く流星だ。あるいは戦闘機に喩（たと）えてもいい。

とにかく、軌道が最初から常人（ハナ）と異なっていた。

そして問題は、それに拮抗（きっこう）する白の女王（クイーン）。銃を撃ち、軍刀（サーベル）で斬り、銃で撃たれ、長銃で殴られている。

双方共に、信じられないほどの技量と霊力。

だが、ハラカの見立てでは拮抗など長くは続かないだろう。ルークとビショップが、戦いに参加するタイミングを窺っているのが見て取れる。

……もちろん、白の女王（クイーン）と時崎狂三には因縁がある（本人曰（いわ）く）。だが、白の女王（クイーン）は恐らくそれとこれとは別問題とするタイプだ。

彼女はルークとビショップという駒を使うことに、何の躊躇（ためら）いもないに違いない。

そして、時崎狂三といえども。支配者級（ドミニオン）の力を持つ二人が加われば、勝ち目はない。

ハラカは苦悶（くもん）する。

――アリアドネを助けるべきか？　時崎狂三を助けるべきか？

今、それを選択できるのは自分だけだ。破滅への時間が迫る。どちらを選択すれば正しいのか。ハラカの霊符を握る指に、力がこもる。

◇

緋衣響の現状を喩えるなら、大波に晒（さら）された小舟だった。暴風は容赦なく、彼女の精神を削り取り、波しぶきが体を心から冷えさせる。

そして、小舟が転覆して海に沈めばゲームオーバー。自分の精神が浮上することは、二度とない。

「こ、の、ぉっ…………！」

歯を砕かんばかりに噛み締めて、小舟を操り波を凌ぐ。ちっぽけな自己が消えてしまう恐怖を抑え込み、目的地へ向かっていく。

そんな彼女に、時折天から贈り物が降ってくる。

「邪魔！」

それは天からのロープだ。頑丈で、神々しく、安全で平穏な場所へと誘う綱だった。

しかし、響は直感で理解している。この綱は、間違いなく罠だ。少なくとも、顔も名前も覚えていない誰かさんであれば、こんな平和的な救いの手は差し伸べない。

という訳で響はうわーん、とべそをかきつつ小舟を操るしかない。

——誓いますわ、と彼女は言った。

もし、もしも、緋衣響が白の女王に攫われたならば。そして、緋衣響が時崎狂三の敵に仕立て上げられたならば。

──必ず、救い出します。ただし、いささか乱暴な手を使うことになりますが。

「救い出します、で切って下さいよそこは⁉　いささか乱暴な手が今から不安しかない！」

「けれど、響さんが敵に回るって何をどう考えても洗脳でしょう？　なら、洗脳を解くには暴力しかありませんわよ？」

「そこに愛はないんですか！」

「愛はともかく、情はありますわ。ただ、わたくしは災厄の精霊。やり方がこれくらいしか、思いつかないのですわ」

「あの……具体的には、どんなことを……？」

「それは──」

狂三が語ったそれは、確かに上手くいけば洗脳を解くに足る一撃になりそうではあった。かなり、かなりの部分で暴力的であったが。

「……ついでに、パスワードを決めておきましょう」

「パスワード？」

「わたくしたちの間だけに通じる、秘密のワード。ただし、響さんはそれをなるべく忘れてくださいまし」

「？　？　？」

響が首を傾げた。狂三は咳払いして、順繰りに説明しようとする。

「よろしいですか？　そのワードは特別です。わたくしと響さんだけしか分からない、複雑なワードです。でも、それを常に思い浮かべられるようでは恐らく、洗脳の際に自白してしまうでしょう」

「じゃあ、ダメじゃないですか」

パスワードを覚えた瞬間、響にとってそれは極めて重要なものになる。だとすれば、洗脳の際に間違いなく告げてしまうだろう。

「いいえ。ここからが本番ですわよ。響さんはそのパスワードを一旦忘れてくださいまし。わたくしがパスワードを告げて、初めて思い出すのです」

「え、えー……重要だって理解しているのに、忘れるんですか？」

「自己暗示で深層意識まで潜り込み、そのパスワードを封印するのですわ。そして、そのパスワードに緋衣響という概念を紐付けるのです」

狂三の言葉に、響はしばし考えこんでからぽんと手を叩いた。

「……あー、何となく分かってきました。要はアレですね。圧縮ファイルにパスつけて、そのパスは狂三さんに覚えてもらって、わたしはそのパスで反応して一気に緋衣響.zipフアイルを解凍するってことですか！」

「？　？　？」

今度は狂三が首を傾げる番だった。

「えーまー、要するに。パスワードは忘れて、狂三さんが思い出させてくれるってことですよね」

「ええ、ええ。その通りですわ。では、今からパスワードをお伝えしますわね」

「はーい」

そのパスワードを緋衣響は胸に刻み込んだ。

「では、続いて暗示をかけます」

「暗示……」

「催眠術みたいなものですわね」

「エッチな催眠術ですか‼」

興奮した響を、狂三はとりあえず脳天チョップで黙らせた。

「全世界の催眠術師に謝罪してくださいまし、響さん」

「すいません……催眠とか……暗示とか……エッチなことしか思い浮かばなくて……」

「響さんのお頭はラフレシアの花畑でいらっしゃるんですの？　ともかくそこへ、お座り

になってくださいまし。それから目を閉じて」

響は素直に頷（うなず）き、指示通りに目を閉じた。

「呼吸はゆっくり……そうです。でも、寝てはダメですわよ？」

「はーい」

「では……響さん。わたくしと響さんが、最初どのようにして出会ったか覚えていらっしゃいまして？」

「はい、もちろんです」

落下してきた狂三。彼女こそが我が運命と信じて、自分の存在が砕け散るかもしれない恐怖と戦いながら、緋衣響は〈王位簒奪（キングキリング）〉によって、時崎狂三の姿と能力を強奪した。

「次に想像を。その記憶が、あなたの手元にあります。そうですわね、書物と考えてよろしいでしょう。タイトルをつけて、記憶の詳細を一冊の本にします。それを想像してくださいまし」

「は、はい」

響は目を閉じて、一生懸命に想像する。彼女との出会いの記憶を分厚いハードカバーの書物にし、名前をつけて閉じた。

「あなたは今、図書館にいますわ。ただし、利用者がいる図書館ではありません。閉架式、と呼ばれる特別な図書館ですわ。そこは本棚が並んでいるだけ。受付もありません」

「本棚……並んでいる……」

響は想像を巡らせる。第二領域は噂によると、本棚がずらりと並んでいるとか。響は本が嫌いという訳ではないが、さして好きでもない。とはいえ、本棚そのものを思い浮かべるのは容易だった。

「響さん、あなたはどうするべきだと思いまして？」

ぼんやりと本棚の前に立ち、先ほどの本を見る。

「大切な思い出だから……本棚に……」

「ダメですわ」

「え……？」

反射的に目を開けようとした響を狂三は制止し、彼女の目を手で覆った。それから耳元で、柔らかな声で囁く。

「わたくしとの大切な思い出は、本棚に置いてはいけません。頑丈な金庫に入れなくてはならないのです」

「がんじょうな……きんこ……」

「あなたの本棚は、いずれ全て破壊されます。本は奪われ、燃やされるでしょう」

のです。鍵を掛けるのですわ。大切な本を金庫に入れて、鍵を掛けるの

「けれど、金庫に入れてしまえばいいのですわ。大切な本を金庫に入れて、鍵を掛けるのです。鍵を開ける方法は、パスワードだけ」

響はその言葉になるほどと頷き、それから、いかにも頑丈そうな鋼の箱に全てをしまいこむ。

「パスワード――」

「金庫にはパスワードが必要でしょう？」

「そうですね、パスワードが……」

「目を閉じたまま、一文字一文字教えますわ。それを紙に書いてくださいまし」

響の目の前には、机と紙、そしてペンがある。

そこへパスワードを記入し、一文字一文字を慎重に刻む。そのパスワードは風変わりで、恥ずかしくて、恐らく他の誰もうっかり口に出すことはないであろう代物だ。

「……これ、いいんですか？」

「良くはありませんが、非常事態なら大目に見ましょう」

「まあそうですよね。非常事態非常事態非常事態、うふふふ。ではええと『時崎狂三は――』」

そう口で何度も繰り返し、響はしっかりと記憶した。

狂三は覚えただろう、と頷くと次の指示を告げる。

「よろしい。では、パスワードの紙を燃やしてくださいまし。そして、忘れるのです。特にあの単語のことを」

「え、でも……」

そんなことをすれば、今は覚えていても本当に忘れてしまう。特に時崎狂三は、の後に続く単語は今まで一度も意識して覚えようとはしなかった。もちろん理解できる単語ではあるが、時崎狂三と結びつくことはなく、その後に至っては何のことやらだ。

忘れようと思わなければ忘れることはないが。

忘れろ、と言われれば忘れることができるだろう。

「それで、いいのですわ。一旦、その紙を燃やして忘れてくださいまし。パスワードは設定されました。わたくしが覚えているので、あなたは覚えなくてもいいのです」

響は言われた通りにした。

そして三秒経って、狂三がぱんと手を叩く。その鋭い音に、響は目をぱちくりさせた。

夢を見ていたような気もする。

何か重要なことを話し合ったような……いや、話し合ったのだが……。どうしてか、つい先ほどまで明瞭だったはずの重要な記憶が、霧の向こう側に逃げてしまった。

「これで終わりですわ。今の一件については、お互い語り合いません。そして響さん、考えてもいけません。一週間前の食事のように、記憶から消すのです」

「は、はあい……」

響は言う通りにして、以後はその出来事を忘れ去った。

そして、小舟に揺られる響の足元には——不釣り合いな、金庫がある。なぜ、こんなものがあるのか、響は覚えていない。名前以外の何もかも奪われたはずなのに、金庫は絶対に持っていかなければいけないと、切羽詰まっていた。

「お願い、誰か、お願い、助け——」

口から漏れた弱気な言葉を、慌てて押さえ込む。いけない、と思った。何があるにせよ、助けを求めるのは最悪だ。

荒海は延々と続いている。凪(な)ぐことはなく、終わりもなく、上陸すべき土地もない。

だから——やることは、一つだ。

「……忘れた単語を思い出して、金庫の扉を開く……？」

金庫の鍵は、しっかりと施錠(せじょう)されている。どうしたものか、と考えている内に一際(ひときわ)大きな波が響を襲った。同時に、がこんと地の底が響くような音。

響は顔が蒼白になった――船に、穴が開いていた。

整えるために深呼吸。

一度、そして二度。バックステップしつつ弾幕を張る。白の女王がその弾幕を猛然と突き進む。

「アハハハ！　どうしたのかな時崎狂三！　防戦一方じゃないか！」

「ああ、鬱陶しい……！」

焦燥に駆られているのは、当然だ。女王がとうとう出現したにもかかわらず、未だに狂三は確信を得ていない。

得られぬ確信――ルークとビショップのどちらが緋衣響なのか。

わざとらしい口調のナイトはすぐに容疑者枠から外せたが、残り二人のどちらかが不明だ。……もし、響が洗脳に耐え抜いて〝自己〟を残していたとすれば、手がかりを与えたことだろう。

つまり、完全に自己は封じられている。緋衣響の痕跡をあからさまに残して、自分への情に訴える作戦に出るかと思ったが、それはリスクが大きすぎると判断したようだ。

とはいえ、情に訴えることそのものは捨て難かったのだろう。ナイトを響らしく見せかけたのは、その策の一環か。

「とはいえ、困りましたわね……！」

くるりくるりと体を回転させながら、狂三は銃を撃つ。女王の軍刀が煌めき、弾丸を斬った。

背後の二人――ルークとビショップは、動く気配がない。

「二人が気になるかい？」

女王の言葉に、狂三は苛立ちの視線をぶつける。女王は肩を竦めて告げる。

「試してみればいいじゃないか。君なら、きっと彼女がどちらかを当てることができる、そう期待しているよ私は」

今度は女王が大きくバックステップを行い、間合いを広げた。

「ルーク、ビショップ。相手をしなさい」

そう言って、彼女が指を鳴らす。それを待ち焦がれていたかのように、狂喜的な絶叫を上げると、二人が同時に狂三へと襲いかかった。

「……【一の弾】！」

「死ね……！　死んでください！　私の、あの方のために！」

「死ね！　怨敵め！　おまえさえ、居なければ……！」

双方が好き勝手に罵りながら、狂三へと突っかかる。狂三は冷えた目で、襲い来る二人と間合いを取った女王を見た。

だが女王をフリーにする訳にはいかない。狂三は女王に向けて短銃を突きつける——その狙いを理解した女王は、くすくすと楽しそうに笑う。

片方の銃口は、常に女王へ。彼女がこちらに来るにせよ、あちらに向かうにせよ、その隙を見逃さない。

だが、それはつまり。片手で三幹部であるルークとビショップをあしらわなければならない、ということでもある。重いハンディキャップに加え、狂三は緋衣響に対する手がかりを探さなければいけなかった。

……もちろん、切り札はある。あのパスワード……上手くすれば、緋衣響は封じていた自分の記憶を解放し、取り戻すことができるはずだ。

だが、この切り札は極めて危うい存在でもある。緋衣響の意識がまだ残っていて、あまつさえ記憶も持っているということが判明すれば、寄生しているルークあるいはビショップは、内側に存在する緋衣響という存在を全力で消しにかかるだろう。

パスワードとなっている言葉は、この場にはそぐわない。

叫べば、全員は何のことかと首をひねるだろうが、すぐにそれが響を解放するためのパスワードだと感付くはずだ。

確証が必要だった。

緋衣響の体を得た三幹部はどちらなのか。

（……結論が出ませんわね）

ルークもビショップも本人の能力をフルに活用し、緋衣響としての隙を見せることはない。直感で選ぶしかないのだろうか、と狂三は歯噛みしかけて――ふと違和感を抱いた。

何かおかしい、何か違う、噛み合っていない。見逃すには、あまりに大きな違和感。

違和感とは、取っかかりである。壁面を登り、踏破するための足場である。

（もし、わたくしが――女王の立場だったとすれば）

つまり、最大限に時崎狂三に苦しみを与えたい立場だったとすれば。例えば二人に可能な限り、緋衣響であることを匂わせる。どちらが彼女か、狂三は死ぬまで迷い続ける。

あるいは、片方が緋衣響であることを匂わせ――実は逆、確信を持って救った少女が、実はただの物真似に過ぎなかった。

すぐに思いつくのは、このくらい。だが、彼女たちはそのいずれも選択せず、ただルークとビショップとしての恨み言を宣いながら、攻撃を仕掛けてくるだけだ。

苦しみがない。迷いもない。疑念も焦燥も、さしたるものではない。

これではまるで、まるで――。

(何か事情があって、隠さざるを得ない……？)

それは、時崎狂三を苦しめるよりも重要な事柄。女王にとって、そんなものはほとんどない。あるとすれば――。

(本来の主目的。第一領域への到達)

だが、それを防ぐために自分たちはここにいる。なのに――彼女の行動はそのようにしか見えない。

時間稼ぎ。無為に時間を引き延ばすために、できるだけのことをしている。

「あ」

狂三は一瞬だが、あらゆる状況を忘我した。戦っていることも、戦況が不利に陥りつつあることも、その他雑念を全て。

気付いた。悟った。看破した。ぐるりと、彼女に顔を向ける。

「――おまえか」

その視線の向かう先は、ルークでもビショップでもなく。

「……あは」

視線に気付いて含み笑う、白の女王(クイーン)。

考えてみれば、やってきた白の女王(クイーン)は調子が狂うほどおかしかった。狂三と様子見のような戦いを繰り広げるだけで、雌雄を決しようという気概も加虐嗜好(サディスティック)な一面も、まったく見えなかった。

この戦場で一番らしくない、ない、ない行動を取っていたのが、この女王だったのだ。

ならば、彼女は何者だ。白の女王(クイーン)ではない彼女は。

当然、答えは緋衣響。彼女は、女王の姿形を纏(まと)わされた。確か【蠍の弾(アクラヴ)】と呼称される弾丸だったか。あれは三幹部だけでなく、女王すら生み出せるのだ。

——もちろん、この推理に穴はある。

だが、時崎狂三は白の女王(クイーン)が考えるもっとも悪辣な罠(わな)は、これだと理解した。絶対に殺すであろう女王を、絶対に殺せない緋衣響に配置する。女王ならば、それくらいはやる。

ならば、決断する。

「響さん！」

呼びかけに女王が揺らぐことはない。露呈しても、それはそれで構わない。時崎狂三は、緋衣響を取り戻すために、惨憺(さんたん)たる苦労を強いられるのは確定している。

まず、白の女王(クイーン)という壁がある。

「おや、私を緋衣響と呼ぶとは。錯乱したのかな？」

そう言って笑うと、狂三が癪に障ったと言わんばかりに女王を睨み、全く躊躇なく急所に弾丸を撃ち込んだ。それを女王は全力で回避し、反撃に取りかかろうとする。

深呼吸。

「響さん、パスワードですわ」

「……！」

狂三は口を開き、遂にそのパスワードを女王へ――女王の内側にいるであろう、緋衣響へ向けて宣言した。

◇

絶え間のない荒波、轟音、暴風、全てが緋衣響を滅多打ちにしている。響は耐え続けて、ひたすら待つ。

助けて、と叫んでは駄目だ。救いの糸を握っては駄目だ。

だが、船底に穴が開いてしまった。ゆっくりと、だが確実に船は沈み始めている。

それはつまり、緋衣響という自己が溶けて消えてしまう前兆だった。それでも響は待つ。

金庫をじっと睨み付けて、忘れてしまったはずの〝何か〟を待つ。

まだか……まだか……早く……早く……！

船が沈む。

足は海に沈んでいて、金庫は更に深く沈んでいた。このままでは、この金庫を開放することもできない。

響は祈りながら金庫を睨む以外、一切の行動を放棄した。元より、何をどうするにせよ今の自分には、信じて託す以外ない。

そして、響は覚悟を決めて大きく大きく深呼吸した。

沈む金庫にしがみつき、海を深く深く沈んでいく。息苦しい、水圧で全身が圧し潰されそうだ。もうすぐ死ぬ——正確には、自我が溶けてなくなるはずの響は、それでも金庫をしっかり抱いていた。

福音は唐突に訪れた。

〝時崎狂三は、七夕と笹の葉カステラが好きです〟

——あ。

その声は天から海に降り注ぎ、沈みつつある響に届いた。瞬間、響の記憶が連鎖的に爆発し、彼女は無我夢中で金庫に向けて叫んだ。

「時崎狂三は、七夕と笹の葉カステラが好きです！」

がたん、と金庫が開く。そこに預けられていた幾つもの封書と写真が響を覆う。

「そうだ……そうだ、そうだ、そうだ！　わたしは、わたしの名は緋衣響。そして、わたしは……狂三さんと旅をして……！」

長い旅だった。

戦った、殺し合った、アイドルになった、捕まったこともあるし、拷問されかけたこともあるし、そこから脱出して、狂三さんと水着姿で争ったこともある。ポーカーもした、犯人捜しもした、ファンタジー世界で戦ったりもした！

そこにあったのは、出会ってから全ての思い出。大切で、大好きで、愛（いと）しい思い出。

だから、緋衣響は決意する。

「こんなところで………」

こんなところで。

「死ぬもんかぁぁぁぁぁぁぁぁぁぁっ‼」

叫んだ瞬間、荒波から体が飛び出した。拳を握る。元々、この体は緋衣響のそれ。女王が埋め込んだ【蠍の弾（アクラヴ）】が寄生しているだけに過ぎない。

手を伸ばす——伸びていく。緋衣響という自我が、記憶を得たことで爆発的に巨大化していく。それはあっさりと海を埋め尽くし、押し込もうとする白の女王(クイーン)と拮抗(きっこう)した。

「こ、の……！」

自分の皮を引き千切るような痛み、癒着(ゆちゃく)した女王はそう簡単に剝がれはしない。やはり自分一人の力では、彼女を引き剝がすのは難しいだろう。

だが。

「狂三……さん……！　お願いい、い、します！」

時崎狂三がいるならば！

◇

「お願いします！」

その叫びは、紛れもなく緋衣響のそれ。声帯が変わろうが、顔形が女王であろうが、聞き間違うはずがない。

そしてそれは、彼女一人では女王に対抗できないという証明である。もちろん、狂三と響はその際の作戦も、しっかりと決めていた。

「どうなるかは不明ですが——覚悟してくださいましね！〈刻々帝(ザフキエル)〉！」

選んだ弾丸はⅨ(ナイン)。撃った対象と意識を繋(つな)ぐ、非戦闘用弾丸。

「【九の弾(テット)】」

瞬間、狂三は地面の消失を確認した。

「やはり……！」

普通、狂三が何か（誰か）を対象として【九の弾(テット)】を繋げても、そこには記憶を読み取る能力が発動するだけだ。一定量の過去を一瞬で追体験し、そこで終わる。

だが、今の緋衣響は白の女王(クイーン)になっている。二重の過去、二重の肉体、絡(から)まり癒着した白の女王(クイーン)という概念が障害と化している。

そうなった場合、【九の弾(テット)】はどうなるか？

……答えは故障(バグ)というよりは裏技(チート)が発動する。狂三は繋がった意識をロープのように伝って——飛び降りを敢行した。

「行きますわよ……！」

辿(たど)り着く先は、緋衣響という少女の記憶、夢。精神潜航者(サイコダイバー)となった狂三は響を勝たせるために、彼女の脳内へと侵入した。

○かくして夢の夢のまた夢へ

さて——問題はここからだ。

一応考慮してはいたが、本当に緋衣響の脳内へダイブするとは思わなかった。

「……ここが女王の脳内なら、手当たり次第にブッ壊せば何とかなりそうですけれど」

はぁ、とため息をついて時崎狂三は周囲を見回す。

真っ暗闇だが、床に足をついているのは理解できる。そして、遥か遠くに小さく儚い光が見えた。

「では、参りましょうか」

ここは意識の内側の世界。何が起きるか、何に出会うかは分からない。

ともかく緋衣響と、合流しなくては。

狂三は歩き出す——もちろん、銃は握り締めたまま。

光は小さく、白いドアだった。向こう側は明るいのだろう、ドアから微かに光が漏れ出ている。狂三は迷うことなく、ドアノブを回した。

踏み込むと、果たしてそこには——。

「ここは……」

転がっている猫や犬を模したぬいぐるみ、鮮やかな色をした小さなテーブル、真っ黄色のボールに、ピンク色の壁。

「子供部屋……なのでしょうか」

「いえいえ、ここはセーフハウスです。人間、基本子供の頃は子供部屋が世界みたいなものでしょう？」

聞き覚えのある声に振り向く——狂三は冗談ではなく、アゴが抜け落ちるかと思った。

「やー、どうもどうも。ちょっとばかりお久しぶりです、狂三さん」

目の前にいるのは緋衣響——なのだが。

「……響さん、ですの？」

「多分そうでーす！」

正確には幼い姿をした、緋衣響であった。

服装こそ変わりないが、その背丈は半分くらいに縮んでおり、恐らく推定年齢は六歳程度。きらきらと輝く星のような瞳は、本来の緋衣響そのままだった。

「記憶はありますのね？」

「まあ大体は、ただ、ちょっと引き剝がしと拾い集めに苦労してまして。手伝っていただければ幸いです」

「当然です。さもなくばこの世界から抜け出せませんわ」

そんなことを宣いつつ、狂三はほぼ無意識に手を差し出していた。

「……あれ」

「……あら」

差し出された側である響も、差し出した側である狂三も、共にきょとんとした顔を見合わせる。引っ込めようとした手を、響はすかさず握り締めた。

「ありがとうございまーす♪」

「……まあ、見た目は幼いので勘弁してあげますわ」

狂三は少し苦笑して、そう告げた。

子供部屋には、もう望むものはないと響は言った。

「ここから先は、注意してください。何しろわたしの深層意識の世界ですからね」

「どんなトンチキな世界が待っているかもしれないから、でして？」

「……ええ、まあその通りです！」

「受け入れましたわね……」

胸を張る響に、狂三は呆れたと呟いた。

「いや、本当に。何しろ、わたしの意識なんてハッキリ言ってロクなことを考えてないと思うんですよね。ふふふ、我ながら死にたくなる光景が広がってるやもですよ」

「もし野獣のようになっていたら、見捨てますわね」

「即答！　お願いですから、そこは頑張っていただきたいのですが！」

「それなりに善処いたしますわ、それなりに」

「不安しかねー！　まあいいや、さあ……子供部屋を抜けたその先には、果たして何が！」

がちゃん、と響は子供部屋のドアを勢いよく開いた。

途端、ふわりと風が吹く。

「あら」

空間が広がっていた。道路、家屋、そして真新しい校舎。懐かしい風景だった。

「第一〇領域……ですね」

「ですわね」

ここは時崎狂三と緋衣響が出会った領域、全てのスタート地点だ。

「となると、目的地はひとまず校舎ですわね」

出会った場所は違うが、二人が最初に行こうとしたのはあの中央の校舎だ。もっとも、あの時は大変複雑な事情により、時崎狂三は緋衣響であることを余儀なくされていたが。

「懐かしいですねぇ」

「懐かしい、というほど時間が経(た)っていまして？」

「経ってますよ。体感的にはあっという間でしたけど」

響はぐいと狂三の手を引っ張った。

「どこに参りますの？」

「ここが第一〇領域(マルクト)を模した場所なら、わたしたちにとってもっとも印象深いのは、どこですかね？」

「……ふむ」

狂三はしばし考えて言った。

「響さんと初めて出会った場所、一夜を過ごした場所、その他色々と思い出はありますけれど。一番と言うのであれば――あの教室ですわね」

「はい！　そのとーりです！」

そして二人は迷わず学校へと向かう。全ての始まりは、そこから。

◇

行き交う女子生徒たちは、狂三と響を不思議そうに見つめていた。生徒……本来ならいるはずのない少女たちが、青春を謳歌する権利を与えられた者たちが、そこにいた。

「彼女たちの顔に見覚えはありまして？」

「いや……全然ないです。っていうか、顔が微妙にぼやけてません？」

響の言葉通り、女子生徒たちは揃ってどこか顔の輪郭が曖昧で、ぼやけている。

「言い方は悪いですが、書き割り……脇役ということでしょうか」

よく耳を澄ませると、話している内容も曖昧だった。固有名詞がなく、中身がなく、さながらずっと天気の話をしているような、どうでもいい会話がずっと流れていた。

「わたしたちの教室は確か……あ、ここでしたね」

響が指差した教室の扉を、狂三が開けた。

「――あら、あら、あら」

懐かしい面々が、そこにいた。

シェリ・ムジーカ、砺波飾絵、蒼、指宿パニエ、土方イサミ、武下彩眼、乃木あいあい、フォルス・プロキシ、佐賀繰唯。

彼女たちは無言のまま、全員が時崎狂三を見つめていた。

「あの。怖いんですけどコレ……」

「安心してくださいまし、響さん。わたくしも思う存分怖いですわ」

さすがに表情もなく見つめられるのは、ロボットに発見されたようで普通に怖い。他に何かないか、と周囲を見回すと、机に一つの人形が転がっていた。

「あ……!」

響が慌てて駆け寄り、人形を掲げる。狂三はその人形の顔に見覚えがあった。

「確か……」

「はい。わたしの命の恩人、一人目です。陽柳夕映ちゃん。……意識世界ですら、いなくなってるんですね。わたしの馬鹿、ボケナス。もうちょっと記憶力があれば、ちゃんと思い出せるのに」

そう言って、響は珍しく落胆した。

「いない、ということは彼女に関しては心の整理がついているということですわ。それで充分ではありませんの? 少なくとも、彼女は最後の最後まであなたの友達でしたわ」

ぽんぽん、と狂三は響の頭を軽く叩いた。珍しい狂三の所作に、響は目をパチパチさせていたが、やがて恥ずかしそうに笑った。

「……そうですね。はい、夕映。ここでじっとしてて。あなたのお陰で、今のわたしがいるんだから」

少女の人形を、丁寧に机の上に置いた。

「さあて、これからどうしましょうか狂三さん」

「そうですわね。……ああ、とりあえず、いてはいけない人が一人いらっしゃるので。お伺いしてみましょうか」

「いてはいけない……あ」

狂三の指差した先。確かに、いてはいけない少女が一人いた。

「ルーク──それもわたくしたちと出会った時の、ですわね」

一見は大人しそうで、周囲に埋没する真っ白な少女。かつてはルクという名前であり、白の女王（クィーン）の配下だった。

立ち上がった彼女は、うっすらと笑って言った。

「この体は、女王のためのものです」

「あら、そうですの」

「緋衣響さんは、女王の分身体になるべき存在なのです。私たちでは無理ですけれど、響さんなら可能なのです。何故（なぜ）なら響さんは──」

そう言いつつ、彼女が〈紅戮将〉を握った瞬間、

「そんな酷い悪夢、御免被りますわ」

ルークの眉間に穴が空いていた。

「……あの……お手伝いしてもらっている身で言うのも何ですが……お話を最後まで聞くべきだったのでは……」

響がジト目で言うが、狂三は肩を竦める。

「響さんの過去や設定など、興味ありませんわ」

「ひっどいこと言うなこの人！　まあでも、わたしもあんまり興味なかったのでした！」

響はあっけらかんと答えた。

「ところで、撃ったはいいのですが……これで正しかったのでしょうか？」

「……多分、正しいみたいです」

言葉が、先ほどより高い場所から聞こえた。振り向けば、先ほどまで六歳程度だったはずの響が、九歳くらいに成長していた。少し手足が伸びてすらりとしている。

「……なるほど、育ちますのね」

「そうです、すぐに完全体になりますよ！」

「完全体になってから乱数か何かを弄くれば、赤ん坊まで戻りませんの？」

「わたしでバグ技を試そうとしないでください！　こっわいなこの人！」

「冗談ですわよ、冗談」

「狂三さんの冗談は本気で洒落にならないので、心臓に悪いんですよ。この意識世界で心臓動いているかどうかは、若干疑問ですが……」

「あら……皆さんも消えてしまいましたわね」

ちょっとばかり名残惜しい、と狂三は内心で思った。彼女たちは最初に出会った、ことごとくが強烈な少女たちだったから。

「ま、しょうがないですよ。さあ、次の意識に向かいましょう。今度は過去ですかね、それとも夢ですかね」

「あら、過去と夢は違いますの？」

「はい。過去は今みたいなケース。そして夢は……わたしの夢なんで、多分『雑』かと」

「雑……？」

「雑然というか、適当というか、たまたま嵌まっていたモノが世界の基盤になる、みたいなモノになるかと」

「なるほど。響さんが嵌まっていたモノ」

「はい。モノというかジャンルというか……」

「それは……嫌な予感しかいたしませんわね」

「いたさないでしょう？」

何しろ緋衣響である。彼女は、戦闘における才能は欠片も持ち合わせていないが、それ以外の才能は存分に持ち合わせていたのである。嵌まるジャンルも多彩で、デタラメで、カオスであった。

「では、次へ行ってみましょー！」

狂三と響は教室の扉を開き、その一歩を踏み出した。途端、またも景色が変化した。

「あら、あら……」

広い空間だった。屋内であることは、天井のシャンデリアから明瞭だ。装飾は重厚で、日本というよりは海外、それもヨーロッパの古い建築物を思わせる意匠。

そして周囲には着飾った女性たち、彼女たちの服もまた、いわゆる現代ではなく二〇〇年ほど前のヨーロッパ的な……霊装という意味合いではない、本来のドレスだった。

もしかすると、イギリスかフランスあたりだろうか？　と狂三は訝しげに思いつつ、響に声を掛けた。

「響さん、こちらは過去ですの？　それとも夢？」

「……も、もちろん……もちろん、夢です……ところで狂三さん、話は変わるのですが」

「ええ、何でしょう？」

「怒りませんか？」

嫌な予感しかしない質問であった。

「内容次第、といったところでしょうか」

「不安しかない……ないけど、がんばれ響ちゃん！　えー、まずは狂三さん。ご自分の服を確認してみてください」

「おや」

変化したのは風景だけではない。狂三の霊装もまた、いつものゴスロリコスチュームから変化されていた。

「これは……ドレス、ですわね」

赤く華々しい色をした、豪奢なドレスだった。普段の狂三の霊装は黒と赤を織り交ぜてあるが、こちらは完全に赤が中心だ。胸元からスカートにかけて並ぶ真紅のリボンが可愛らしい。

ふむ、悪くないと狂三は思う。しかし、この服装変化がどういう意味を持つのか。

「響さん、一体これは――あら、まあ」

一方、響もまた服装が変化していた。こちらは白い霊装から、紺色のブラウスと白いエプロン、そして頭にフリルレースのカチューシャ。

「わたしはメイドさんですね。なるほどなるほど……しかし……これは……」

「これは、何ですの？」

「ええ、はい。……とりあえず謝っておきますごめんなさい」

「なるほど。とりあえず撃っていい案件という訳ですわね？」

「待ってもうちょっとだけ話の続きを！」

命乞いをする響に、狂三はため息をついて銃を――下ろそうとして、動きが止まった。

よく見ると、狂三が持っているのは〈刻々帝(ザフキエル)〉ではなく、扇だった。

「で、これは何ですの……？」

「ええと、恐らくですね。これは……『乙女ゲームの世界と見せかけた悪役令嬢物』ではないかと思います」

狂三はこてん、こてん、こてん、と三度首を左右に傾(かし)げた。

「おとめげーむのせかいとみせかけたあくやくれいじょうもの？　あの、申し訳ありません響さん。日本語を喋(しゃべ)っていただけなくて？」

「喋ってますよ日本語を！　うう、知られとうなかった……いや、いつか教えようと思っていましたが、タイミングが……」

嘆く響に、ともかく説明しろと問い質す狂三。そこへ、上から声が降り注いだ。

「――時崎狂三！」

「……あら」

はたしてそこには、蒼がいた。彼女は狂三たちのようなドレスではなく、男装――かっちりとした軍服を着こなしていた。色は白と黄金、その煌びやかさはまさに王子という感じだ。

ただし。

「……蒼さん、顔に何をつけておられますの？」

「多分、わたしが男性を今まで一度も見たことがないから……」

蒼の額には、『代理』と書かれた紙が貼られていた。前が見えないと思うのだが、あまり関係なさそうだった。

「わたし、狂三さんに、いじめられたんですぅ！」

そして、蒼の腕にしがみついているのは――。

しがみついて、いるのは。

「……あの……そちらの方……どなたでしたっけ……」

「桃園まゆか！　桃園まゆかよ！　アンタに意地悪されていた桃園まゆか！」

「ああ、えーと確か……確か……第八領域(ホド)の！」

「第九領域(イェソド)の！　覚えておきなさいよ、そのくらい」

「ええ……」

　さすがに理不尽だ、と狂三は思う。確かにそう言えばそんな準精霊もいたなぁ、と思い出したのだが、あの時は彼女の手下だったルクの方のインパクトが強すぎた上に、その後は女王とのいざこざのせいで、すっかり頭から消え失(う)せていた。

　というか正直に言って、名前を言われて顔を拝んでも「うーん……そう言えば……そんな人も……いたような……いないような……いたっけ？　いた？　そうですの……」というレベルである。

　白の女王(クイーン)の関係者はいないようだ。蒼と桃園まゆか、そして狂三と響。後は書き割りの人間たちのみ。

　蒼とまゆかは階段の上の踊り場。狂三は階段のすぐ下で、響と共に蒼を見上げている。まゆかが見上げる狂三へ、くすりと笑う――無性に腹が立つ。

　狂三はため息をついて、響に問い掛けた。

「それで……結局、これは何なのですの？」

「これはですね。婚約破棄物と呼ばれるジャンルでして……」

「はあ」

「まず王子役の蒼さんが、悪役令嬢である狂三さんに婚約破棄を突きつけます」

「わたくし、婚約した覚えはないのですが」

「……」

「はいはい、黙りますわ」

響が話の腰を折るなよぅ、という表情で訴えかけたので、とりあえず狂三は押し黙ることにした。

「狂三さんは、その悪役な面相とか悪い噂とか、色々あって主人公（偽）に意地悪した、と謂れもない悪口を広められるのです！」

一瞬、狂三は〈刻々帝〉を撃ちたくなったが我慢した。

「ピッタリですよね！」

撃つことにした。扇についていた引き金を引くと、どこからともなく弾が発射された。

「あの……とりあえず、で撃つのをどうかおやめいただけると……」

「善処いたしますわ～」

こほん、と響は咳払いして説明を再開する。

「そして王子に突きつけられる婚約破棄！　だがしかし！　用意周到な我らが狂三さんは、

反論の材料を山のように持ち込んで、王子のあらぬ妄言を叩き潰し、主人公（偽）をムショ送りにするのです！」

「……その主人公（偽）とは？」

「えーと、そもそも何でそんなオモシロエピソードになるかというとですね。このシチュエーションが架空の乙女ゲームに類似している、と悪役令嬢側が気付くところがポイントになるのです」

「……うーん……？」

「つまり乙女ゲームの世界に転生してきた……という設定なんですよ、狂三さんと、それからあの……あの、ええと……」

ちらり、と響は桃園まゆかを見た。

「そう、まゆみさん」

「まーゆーかー！　ホント腹立つわね、アンタが生み出したくせに！」

まゆかはそう言って、まあいいかと改めて蒼の腕にしがみついた。蒼はどうでもよさげにボケッとしている。

「ふむ。つまりゲームの世界に転生してきたわたくしは、ゲーム世界で悪役を背負わされたことに気付いて、それを覆そうとしたという訳ですのね？」

「さすが狂三さん、話が早くて助かります！」

「……で、コレそのもののクリア条件は何ですの？」

「まあ、わたしの考えることですから……理想的なざまぁみやがれエンディングを迎えたら……ですかねえ」

「つまり、例えば——射殺！」

ちゃきり、という音に素早く響は反応した。というか、扇なのにどこから撃鉄を起こす音が鳴ったのか。

「はい。例えば銃を乱射して速攻片を付けるのだけはホント勘弁してください。ココわたしの意識世界なので！　どうか！　付き合っていただかないと、多分クリアできません！」

「……承りましたわ。それで、どうすればよろしいんですの？」

「では、わたしがナレーションを担当しますので、その後でこの台本通りに台詞を復唱してください！」

響がそっと台本を渡した。狂三はそれを手で隠し持ちつつ、

「はいはい、やりますわよ」

咳払いして、狂三は響の台詞を待つ。

「ここは『ナイトメア帝国』。公爵令嬢であり、蒼王太子の婚約者である時崎狂三は今、王太子から婚約破棄を宣言されていた――」

「響さん、響さん。ナイトメア帝国ってイメージ悪くありませんこと？」

「そこはツッコむべきところではない――。どうせこの後、ナイトメア帝国の話は特に出てこない――」

狂三の指摘を、響は淡々とした口調で返した。仕方ない、と狂三は台本の台詞を読む。初手。狂三、ばさりと扇で口元を隠して告げた。

「『あらあら、意地悪とは何のコトでしょう。桃園まゆか男爵令嬢様』……え？　わたくし、彼女に様をつけなくてはいけませんの？　妙に苛立つし殺意が湧くのですが」

「『蒼王子。本当に、わたし狂三様にいじめられていたんですよー！』……ねえ、あの人本当に撃たないよね⁉　これ会話劇なんだよね⁉　わたしマジで怖いんだけど！」

「『ふむ。それが本当であれば、問題だな。本当であれば、だが』」

蒼は王子役を無難にこなし、淡々と台詞を喋る。『代理』と書かれた紙が邪魔だったらしく、丸めて紙屑にしていた。

「『わたくしが、桃園まゆか……様のような男爵令嬢如きを、どうして気に掛けなければならないのです？　そもそも、蒼王子はわたくしの婚約者でしてよ』……お待ちになってくださいまし。婚約者とはどういうことですの」

響は拝み倒した。

「そこは我慢！　我慢の一手で！　あくまで王子様代理なので！」

狂三は大きく大きく、やってられませんわとため息をつきつつも、渋々と頷いた。

響の言う通り、彼女は代理だ。つまり、彼女を『彼』だと思い込めばいいではないか。

うん、よし。何とかなりそうだ。

朧気な『彼』の姿を、どうにか思い起こす。やる気が出てきた。

「『えぇ～、恋愛は自由ですよぉ。それに、予め決められていた婚約者との愛なんて偽物同然じゃないですかぁ？』」

「ブッ殺しますわよ泥棒鼠……」

握り締めた扇が砕けそうになる。蒼のことを『彼』だと思い込んでいた狂三の殺意が速攻で点火、響は慌てて消火活動に移行した。

「落ち着いてください落ち着いてくださいマジで！　ホントこの人、ニトログリセリンみたいだな！」

響が必死に宥めて、どうにか狂三は立ち直る。まゆかは怯えきって涙目になっていた。

「コホン、コホン。スー……（深呼吸）『わたくしと彼の婚約は、国が決めたもの。そこに割って入ること自体、大罪ですわ。というか、なぜ卒業パーティだというのに、わたくしではなく、そこの桃園まゆ何とかをパートナーに選んだのです』」

「桃園まゆまでいけたんなら、最後の一文字くらいがんばってよこの鬼畜！『だ・か・ら・ぁ、時崎様は見限られたんですよ。わたしに対するいじめで！』」

「『ああ、その通りだ。正直に言って失望したよ』」

「『では、いじめられたという証拠をお出しになってくださいませ』」

「『その必要はない。まゆかが証言している以上、それが全てだ！』」

「……響さん、響さん。わたくしに王子様が何やら不穏なことを仰（おっしゃ）っているのですが」

「あ、これは王子様が敵に回るパターンですね」

「は？　敵？　あの方が？　有り得ませんわよ？」

「ええと……婚約者だった王子は顔だけが取り柄で頭が悪くて、主人公（偽）にたらし込まれているというのが、王道パターンの一つでして……」

「ふむ、なるほど」

声が、とてつもなく冷ややかだった。狂三は扇を銃のように突きつけて、響の台本を無視して告げる。

「『おふざけにならないでくださいまし。証拠もなく、そこの頭まで桃色に染まった方の妄想を受け入れろと？　わたくしがいじめ？　有り得ませんわ。わたくしであれば、即時に射殺していますわ。というか射殺させてくださいまし今すぐに』」

「『怖ッ!?』」

狂三が一歩踏み出すと、まゆかは怯えた顔で後ずさる。代理である蒼も後ずさる。ついでに言うと、響も若干後ずさりかけていた。

殺意を滲ませる、というか沸騰させている悪役令嬢時崎狂三は、さすがの響でもちょっと怖い。訂正物凄く怖い。

「『時崎狂三、神妙にするがいい。おまえに公爵令嬢たる資格はない！』」

――そして。唐突に別のキャラが出現した。佐賀繰唯の姿をしているが、服装は凜々しくもスマートな騎士鎧。桃園まゆかがキラキラした表情で彼女を見る。

「『騎士として、お前の乱暴狼藉を許すわけにはいかん！』」

「くノ一ではありませんでした？」

「……狂三さん狂三さん、それは現実のお話です。こちらでは騎士です」

「『あら。騎士団長の息子……息子？　ともあろう方が、乱暴ですわね。殺気が漲ってますわよ？』」

『くっ……』」

佐賀繰唯は悔しそうに呻くと、一旦後方へ下がる。続いてやってきたのは、どことなくチャラチャラした感じの少女だった。こちらも男装している。

「あら、リネムさん？」

「『ちょ、ちょ、ちょ。くるみんってば、こんな酷いことしてたの？　幻滅だZE！』」

チャラチャラしている輝俐リネムが、そう言って呆れたぜと言わんばかりに肩を竦めた。

「『唯くんにリネムくん！』」

桃園まゆかはそう言って、キラキラとした――言い方を変えれば媚びに媚びた笑顔で、そんな風に囁く。

「『……なるほど。お二人ともわたくしの敵に回ったという訳ですか』……敵ですの？」

「騎士団長の息子とチャラ系美形のプレイボーイ！　当然、狂三さんの敵です。もちろんやられ役ですが」

「『本当に残念。お二人はそれなりに優秀でしたのに、そんなピンク・オブ・ザ・デッドに籠絡されるとは。失望いたしましたわ』」

あまり興味は湧かないので、どうにも淡々とした口調になるな……と狂三は内心で思った。それはそれとして、ピンク・オブ・ザ・デッドという訳の分からない罵りはちょっと気に入った。

「『正体を見せたな奸物……！　兵よ！　彼女を捕らえよ！』」

蒼の言葉に、狂三は扇を突きつけて優雅に笑う。

「『わたくしの体に指一本でも触れてごらんなさい。皆殺しでしてよ』……いえ、正確にお伝えしましょう。『もう戦争なので、皆殺しにいたしますわ。〈刻々帝〉！』」

扇が古式銃へと変貌、合わせて長銃がどこからともなく悪役令嬢の手に収まった。

優雅に、妖艶に、そして烈火のように。彼女が銃を構えた。

「『やっちゃえ、みんな！』」

そして――――！

「はい。戦闘シーンはどうでもいいのでカットします」

「……ちょっと響さん？　わたくしの活躍をカットするおつもりで？」

「いや、でも。勝つに決まってる戦い、それも苦戦一切せずに楽勝できる様を詳細に描いても、あまり喜ばれそうにないというか……ただの弱い者いじめと言われても反論できないというか……」

「まあ、確かに弱者を嬲る性癖は…………………………あまりありませんが」

「……そういうことにしておきます」

若干地雷っぽいので、響はそこに踏み込まない。ともあれ王子が指示を下した兵士は全滅。当然ながら、騎士団長の息子（娘）である佐賀繰唯とチャラ男（女）である輝俐リネムも、しっかり片付けられている。

「ぴい⁉　やだ怖いホント怖い死ぬのやだやだやだ――――！」

そして桃園まゆかが脱落した。うわーん、と大泣きに泣きながら王子である蒼を置いてスタコラサッサと逃亡、役割は終わったとばかりに消滅した。

「え、えーと……『何てことだ。私は……騙されていたのか！』」

蒼がしどろもどろになりつつ、言葉を紡ぐ。強引にルートを軌道修正してくれるらしい。これが本物の蒼だったら間違いなく喜んで狂三との戦いに興じていただろうから、そういった意味では間違いなく別人だ。

「『君を誤解していた。許して欲しい！』」

「『いいえ。絶対に許しませんわ』」

「そ、そんな……うう、時崎狂三ー！」

ショックを受けた表情で、蒼が半透明になった。

「ギャー、消えかけてる！　狂三さん狂三さん、フォローフォロー！」

「『……王子。あなたはまだ、わたくしのことがお好き？』」

「『もちろんだとも！』」

では、と狂三は薄く微笑みながらつかつかと蒼王子に歩み寄る。

「『跪いて許しを乞いなさいませ。さもなくば――』」

「跪いて許しを乞うー！」

蒼王子はあっさり陥落した。

「……あ、ナレーションわたしか。えーと、こうしてナイトメア帝国は皇帝として時崎狂三を迎えて、永世平和を築き上げるのであった。めでたしめでたし……」

わー、とどこからともなく拍手喝采と大歓声。古式銃を再び扇に戻すと、狂三はほう、と安堵の息をついた。

「色々とクレームをつけたい部分も多々ありましたが。結構楽しかったですわね。響さんはいかがでして？」

「もちろんチリバツで楽しみました！　いやー、悪役令嬢の狂三さん超かっけぇ！」

悪役、というところに多少の引っかかりを感じないでもないが、カッコいいと言っているのは真実なようなので、くすりと笑って言った。

「不敬ですわよ、皇帝に」

響もけらけら笑いながらすみません、と頭を掻いた。

「しかし狂三さんが皇帝だと、色んな意味でオモシロおかしいディストピア帝国になりそうですが。まあそれはそれとして……おっと、次の扉も開きましたよ、狂三さん！」

振り返った響と狂三の前に、城門のように巨大な鉄扉(てっぴ)が現れた。

「次は過去であって欲しいものですわね。夢だと、またロクな目に遭わなそうです」

「お見苦しい夢ですみません……」

「本音は？」

「悪役令嬢の狂三さんが見られたので、まあ何でもいいかなって！」

狂三は響の頭を軽く小突こうとして、気付いた。

「あら、また背が高くなりましたわね」

狂三の言う通り、響はまた成長していた。すらりと伸びた手足に加えて、ほんの少しだが体のあちこちに女性としての成長が始まっている。

「あ、ホントだ。うーん、推定年齢一三歳くらいですかね？」

「……ふむ」

「どうせまた残念とか言い出すんでしょう、分かってます！」

「いえ、そこは別にまったく」

「え……？　それはやっぱり、普段のわたしが最高に可愛(かわい)いという狂三デレですか？」

「……いえ、中身は同じなので。もう面倒だから、とっとと成長して元の姿に戻った方が、ツッコミやすくてよろしい、ということですけれど」

「デレじゃなーい！　いいですよ、もう！　とっとと成長して狂三さんの背丈（タッパ）を追い越してやりますからねー！」

「はいはい」

そうして、狂三はささやかに笑う。ああ、この調子だ。この会話がいつも自分を和ませ、刺激し、時に恋情とは違う何かを呼び起こす。

それを狂三は好んでもいたし忌避してもいた。そう、忌避しなければならない感情だったのだ。これは、いつか自分の身を焦がす炎となり毒となる。そんな薄ぼんやりとした、予測があった。

ともあれ次の扉を開くと、狂三たちは第九領域（イェソド）に辿（たど）り着いていた。

目の前には第九領域（イェソド）の支配者（ドミニオン）であり、Sランクアイドルである絆王院瑞葉（ばんおういんみずは）。彼女は不敵に笑い、マイクを突きつけて叫んだ。

「ここでは、歌で勝負をお願いします！」

当然、狂三の服も例のアイドル霊装（ドレス）に変化している。

「望むところ、ですわね」

狂三は再び、歌い出した。見守ろうとする響を無理矢理引っ張り出し、自分と似たようなアイドル霊装に変身させる。

緋衣響は、意外というほどではないが歌は上手かった。「自分は後方でプロデューサー面したかったのに！」と愚痴を零していたが。

そして次の扉の先は、またもや緋衣響の夢だった。

「大奥みたいな場所で謎の殺人事件が起きて、そこで推理したいという訳ですわね？」

「大体そんな感じです！」

「シチュエーション、本当に細かいですわね……ところで響さん」

狂三は花魁衣装の自分を鏡で見て、大きくため息をついた。

「文化理解、間違っていますわよコレ」

「そうなんですか？　わたしは狂三さんがエロ美しければそれでいいかなって」

響はまったく反省していない顔でそう言った。ちなみに大奥で起きた謎の殺人事件の犯人は、将軍（またもや蒼がやらされていた）だった。

次の扉の先には、女王不在の第三領域。

無数に襲いかかってくる女王の顔をしたエンプティたちを相手に、狂三はきったはったの大活躍だった。相手が弱いのは、恐らく「狂三の活躍を見てみたい」という願望だからだろう。

「暴れるとスッキリしますわね……〈刻々帝〉も喜んでいますわ」

「狂三さん、それ蛮族の発言です。軌道修正軌道修正」

狂三はコホンコホン、と慌てて咳払いした。さすがに今の発言を顧みて、自分でも少しどうなのか、と思ったらしい。

「本当に……戦いは虚しいものですわね。わたくし、戦いなんて大嫌いですわ」

憂いの表情を浮かべた狂三に、響はちょっとたじろいだ。

「軌道修正しすぎて、一周回って怖いな……。大嫌いな戦いを、滅茶苦茶楽しそうにやってましたよ狂三さん」

「……さあ、次の扉へ向かいますわよ。もう響さんの体も、完璧に前と同じですし」

「はーい！」

そして二人は、次の扉を開く。

「あ」

響が思わず声を発した。そこは、またも第一〇領域(マルクト)だった。ただし、場所が違う。少なくとも、狂三にとって見覚えのある風景ではなかった。

「ああー……ああ、ここだ。ここですか、最後は」

すっかり元の姿に戻った響が、懐(なつ)かしそうに地面に跪いた。狂三が首を傾(かし)げる。ただ壁と塀があるだけの何もない空間を、響は眺めている。

「こちらは……？」

「わたしが、狂三さんと出会った場所ですよ」

「あら」

狂三は彼方(かなた)の世界から隣界(りんかい)に落ちてきた彷徨者(ワンダラー)だ。そして、ここで緋衣響と出会い、響は〝選択〟した。

「わたしはここで、時崎狂三になって――」

「わたくしはここで、緋衣響になりましたわね」

響は復讐(ふくしゅう)のための力が欲しかった。狂三は生きる目的を望んでついていった。

そして始まった、長い長い旅。

コツコツと歩く音に、狂三と響は振り返った。――ちょっとだけ、息を呑(の)む。

「どうしても、明け渡す気になりませんの？」

目の前の偽物──時崎狂三がそう言った。

「お願いだから、譲ってください」

目の前の偽物──緋衣響がそう言った。

「できませんわ。そしてココでトドメを刺します」

本物──時崎狂三はそう断言した。

そして緋衣響は、この場にいる三人の思考……概念、認識というものを、ジャンプして飛び越えた。

「というか、わたしに女王さんの力ください」

……たっぷりの沈黙があった。隣にいた狂三は、一拍置いてから唖然として横を見て、眼前の偽物コンビは、その不遜すぎる発言に動きを止めていた。

そして響は平然と告げる。

「え？ わたし、何かおかしいこと言いました？ だってこの力、狂三さんの役に立てなきゃもったいないじゃないですか」

「――まあ、そうです……わね」

狂三は呆れればいいのか、笑えばいいのか、ともかく大胆な発想に大きな息をついた。

「まあ、白の女王の力をまるっと戴けるなんて高望みはしませんよ。でも、身体能力とか天使とか、あとは霊装とか、ちょっとだけでも分けてもらえれば――」

そこで、偽物の二人が襲いかかってきた。

我慢ならない、ということらしい。

「〈刻々帝〉！」「〈刻々帝〉！」

「〈王位簒奪〉！」「え、嘘使えるの!?」

使えませんの!?　という狂三の絶叫を他所に、戦いが始まり――

○女王の凱旋

——最後の調整が必要だった。

カリカリカリカリと慎重に慎重に、時計を調節する。第五領域……変質した霊力と、今は亡き支配者が成立させた世界の法則。

それによる天使の改竄。

可能性は見出せた、後はそれを実証するだけだ。

……時崎狂三の異常性を、少女はとつとつと考える。ずば抜けた戦闘センス、狂気的な闘争心、頑強も極まった〈神威霊装・三番〉、そして〈刻々帝〉。

どれもこれも厄介だが、それでも少女のスペックとほぼ同一。

無論、〈狂々帝〉は最強の兵装であり、〈刻々帝〉を圧しきるだけの力はある。搦め手が多い〈刻々帝〉は、そういう意味合いで幾分不利ともいえる。

で、あれば後は単純な戦力差。だが、エンプティではダメだ。彼女たちは所詮、ただの脇役に過ぎない。そして三幹部——ナイト、ルーク、ビショップ、いずれもコストの割に見合わなすぎる。

となれば、答えはとても単純だった。

あの時崎狂三になくて、自分にあるもの。それは膨大な過去。

つまり。

本来の時崎狂三を最強たらしめるあの弾丸――第八の弾丸を模倣する。

少女は天文時計を調節する。慎重に慎重に。

◇

一言で言えばあっさり。

「ふむ。小説に喩(たと)えるなら一行で片が付きましたわね」

「まあ……初手で【一の弾(アレフ)】自分に撃って、即座に【七の弾(ザイン)】撃ち込んで凍結させた偽物の緋衣(ひごろも)響(ひびき)を盾にして弾丸を受け止め、偽物の狂三さんへとブン投げてバランス崩したところを高速移動で背後から連射連射連射でしたからね……狂三さん、思い切りの良さが半(はん)端(ぱ)ねー」

実際、狂三の思い切りの良さがなければ、戦闘が長期に亘(わた)った可能性は充分あった。

しかし、彼女は初手と二手で最大限の効率を発揮して即座に仕留めた。

「わたくし、わたくしの弱点をよく存じておりますし、対抗策も即座に思いつきますので」

「問答無用の力押し、ですか？」

狂三は不敵に笑って頷いた。

「今の『わたくし』には経験が足りませんでしたわね、所詮は外殻を取り繕っただけ。それで、この後はどうしますの？　まだ旅は続きまして？」

「――いえいえ、旅はここで終わりです」

振り向いた響は晴れの日に雨を待ち侘びるような、そんな表情を浮かべていた。

「そう……ですの」

「でも、もう一つ手がありますね。ここで永遠に暮らすってのはどうです？」

響は屈託のない笑みで、割ととんでもないことを言い放った。

「……どういうことですの？」

「多分、外側では時間が止まってますよねコレ。ここは意識の世界なんですから。なら、ここで一〇時間過ごそうが一〇日間過ごそうが……一〇年過ごしても、多分向こうでは時間が止まったまま」

「この何もない空間で、ですの？」

「いくらでも作れますよ、何もかも」

響の言葉には、真実味があった。狂三はしばらく考えて尋ねた。

「わたくしが嫌だ、と言った場合は？」

「お忘れですか？　ここはわたしの意識の世界。何だって思いのままです。永遠に閉じ込めることなんて、簡単ですよ」

「……そうですの」

「……そうなんです」

しばらく、無言の時間が続く。……確かに響の言う通りかもしれない。響の精神という巨大迷路に迷い込んだも同然だ。彼女が手放さなければ、と思わない限りはこの世界は時間が止まったままかもしれない。

「狂三さんが望むなら、また学生生活でも送りましょうか？　ここをこうして……よーいしょっと」

くるりと響が体を回転させる――手品のように、彼女の霊装（ドレス）が変化した。

「……その制服、ご存じでしたの？」

「以前、狂三さんが雑談で話していたときにお伺いして。大体こんな感じかなぁと」

それは、かつて狂三が通っていた高校の制服だった。

「しばらく、歩きませんか？」

響の提案に狂三が答えようとして——少し、驚きと共に口ごもる。

今、幻影が見えた。そこにいたのは響ではなく、かつてのクラスメイト、かつての親友。

思い出すのは夕暮れの、長く長く伸びた影を見ながら、他愛のない話に興じていたあの頃。

気付けば夕暮れ。赤い日差しが、目に沁みた。

狂三の霊装も、響が気を利かせたのか制服に切り替わっている。

「構いませんわ」

「じゃ、行きましょう」

歩き出す。道は長くぼんやりとしていて、いつまでも歩き続けられそうだった。

ああ、そうだ。何度も何度も、こうして二人で帰宅した。彼女の家に寄る日もあったし、狂三の家に寄る日もあった。あるいは、コンビニで軽食を買って二人でぼんやりとした話に興じた日もあった。

穏やかで、柔らかで、慈愛に満ちた日々。日常を過ごすことに精一杯で、その日その日が楽しくて、それ以外に何も必要のなかった日々。

「響さん、風邪を引いたことは？」

「や、全然。隣界に風邪がない訳じゃないですけど、病は気からなので」

なるほど。そうであれば響は風邪一つ引かないに違いない。

「風邪を引いたときほど、健康である普段を名残惜しむ。人間は、そういう生き物ですわねえ」

失って初めて理解する。あの宝石のような日々は、狂三にとっての健康そのものだった。

でも、もう取り戻せない。踏み出したからには、責任を取らなくてはならない。

——お行きなさいな、青春時代のわたくし。

そう言い聞かせて、深呼吸を一つして。幻影を追い出した。零れそうになる涙を堪える。

大丈夫だ、と自分に囁きかける。

不意に、学生の頃に国語で学んだ小説を思い出す。故郷を出立する男の独白を。

旧い家も、故郷の山や水も遠くになっていく。それにつられて美しい少年時代の記憶が薄れていくのも悲しいものである。

しばらくすると、親友の顔は響に戻った。先ほどまで明瞭だった放課後の記憶もすぐに薄れていく。

仕方がないことだ、と狂三は思う。そして、不意に響が言った。

「思えば、隣界の成り立ちもこんなだったのかもですね」

「と仰いますと？」

「あの優しくて、厳しくて、甘くて、寂しい世界は……たった一人の少女の内面が、溢れ出したせいなのかもなあって」

「まあ、ロマンチストですこと」

狂三は目を丸くした。

「でも案外当たってる気がしますよ。わたしの勘、結構当たりますし」

「ですわね」

響が気付いて顔をしかめる。狂三は先ほどまで手にしていた〈刻々帝〉を、いつのまにか手放していた。

「銃はどうしたんです？」

彼女の訝しげな問い掛けに、狂三は肩を竦めて言った。

「ここに敵はいませんもの」

──あ、ダメだ。敵わないや。

響はそう思った、思ってしまった。銃で脅すのが、一番楽な方法なはずだ。響は狂三が本気で怒り出したり、撃ち始めたら即座に解放する気でいた。

彼女が承知するはずはない。ここで永遠に暮らすことへの誘惑が、あまりにもなさすぎる。冗談のつもりはなかったけれど、受けることもないだろうと思っていた。

響が告げた台詞は、狂三にとって紛れもない敵対行為のはずだ。

けれど、彼女は銃をしまいこんだ。些細な行為であるが、それは響の胸に深く楔を打ち込んだ。

時崎狂三は、緋衣響を信用している。

だから敵ではないし、だから説得しようとしている。それは暴力ではなく、狂気でもなく、ただただ真摯に響を想う感情だった。

だから、勝てないと悟ったのだ。

「……そろそろ、戻りましょっか」

響の提案に、狂三は「ええ」と薄く笑って頷いた。

響はかつて狂三が落ちてきた場所を名残惜しむように手で触れた。

「わたしは、白の女王ではありません」

「わたしの名は緋衣響です」

「わたしは、時崎狂三さんの――友達です」

「わたしは、時崎狂三さんと――一緒に、戦います」

名を呼び、誓いを発する。同時に颶風が巻き起こる。意識の世界が壊れていき、再構築されていく。

緋衣響という少女の意識に、戻っていく。

「それでは、狂三さん」

「ええ」

「一緒に戦いましょう。最後まで、お供します」

——綺麗な、とてもキレイなものを、狂三さんは見せてくれた。

だとするならば、ここで駄々をこねるなど、愚の骨頂。緋衣響はもう一度ここから始めて、もう一度時崎狂三にとって一番の友人となる。

狂三が薄ぼんやりとなる。彼女もそれに気付いたようで、安堵の息を吐く。

「それではお先に失礼しますわ。待っていますわよ、響さん」

そうして狂三が消えて、後には響が残される。

涙が溢れるのは、悲しみだけではなく。狂三に信じられたという嬉しさが勝った。

さあ——戦いに赴こう。

◇

目が覚める。瞼を開く。目の前には時崎狂三、少し驚いたような表情。

拳を握ると、ただそれだけで力が湧く。

「響さん、ですわね？」

「はい！　緋衣響です！」

にかっと笑うと、狂三はそれだけで悟った。この場の状況にまるでそぐわない、爛漫な笑顔。なるほど、確定である。

「む。その視線、何かわたしってばヘンですかね？」

「安心してくださいまし、響さん。あなたはいつでもヘンでしてよ？」

「流れるようなディスやめてくれません!?」

「まあ、それはともかくとして。どうぞ、後で鏡をご覧になってくださいまし。霊装が、少々面白いことになっていましてよ」

「ほえ？」

狂三の言った通り、緋衣響の様子は一変していた。容姿は変わっていないが、シンプルだった彼女の霊装は、軍服風に変化していた。手には軍刀――無銘天使〈王位簒奪〉、その二代目である。

それはまさしく、白の女王を連想させる姿であり――。

「ふ、ざけ……！」

ルークとビショップにとっては、激怒するに足る理由だった。

「では響さん」

「はい何でしょう！」

「一緒に戦いますわよ。あなたの力、見せてくださいまし」

「……了解！」

襲いかかる二人を、狂三が牽制するように射撃。その間隙を縫って、響は踏み込んでいく。体は、羽根のように軽かった。

「いっきまーす！」

朗らかな声で響は叫んで、軍刀を振り下ろす。それを受け止めたのはルークだった。無銘天使〈紅戮将〉――赤色の大鎌。

だが響きは鋭く呼気を吐き出し、軍刀へ更に力をこめた。

「……っ！」

圧し負けたのはルーク。響は凄まじい強化を遂げた身体能力で、出鱈目な勢いで軍刀を振り回した。剣術の基本もなっていない、霊力の使い方も間違っている。喩えるならば、ふざけて銃を振り回す子供のような状態だった。

だが、ふざけていても引き金は引けるし、放たれた弾丸の威力に変わりはない。ルークは防戦一方に追いやられた。

「ビショップ！」

ルークの呼びかけに、ビショップは響の背後へと移動しようとした。だが、一歩を踏み出そうとした瞬間、弾丸が彼女の行動を阻害した。

「時崎……狂三……！」

「ま、今の響さんに二人を相手にしろというのはさすがに酷ですし。もう少々、彼女の練習にお付き合いくださいまし」

狂三は朗らかに笑う。

大鎌と軍刀（サーベル）が交差し、その度に鋼の悲鳴が上がる。響の剣術はいかにも未熟で、拙く、ルークは与（くみ）し易（やす）いと見て取った。落ち着きを取り戻し、間合いを取って鎌の刃で切り裂くべく、下から上への切り上げを行う。

だが、響は軍刀（サーベル）を振り下ろしつつ跳躍、鎌の柄と刃を激突させてひらりと宙を舞った。

「**わかれろ　まえ**」

舌打ちしつつ、ルークは宙空にいる響を狙って大鎌を分身させ投擲（とうてき）。

「わ、と、たっ！」

慌てた様子で響は体を捻（ひね）って回避したが、着地が上手（うま）くいかずに無様に転んだ。

その隙をルークは見逃さず、大鎌を振り下ろそうとして——ぞわりと、ルークの背筋に悪寒が走った。咄嗟に動きを停止させた瞬間、悪寒が正しかったことが証明された。

起き上がる、というよりは跳ね上がる。

響は本来ならば、ルークの心臓があったであろう場所に向けて、強烈な刺突を繰り出していた。

「あれ。ダメだったか。残念」

もし、ルークの決断が一秒でも遅ければ。自分は心臓を突かれていたに違いない。その事実に慄然とする。そしてこれは、状況が急速に悪化しているという証拠となる。

つまり、今の響は――加速度的に強くなっている！

悔しそうに歯噛みしつつ、ルークは叫んだ。

「のびろ」

彼女の持つ大鎌が伸びに伸びた。それを横薙ぎに振り回し、響との間合いを調節する。

響は負けじともう一度突撃するが、大鎌のとてつもなく長いリーチに阻まれ、剣先が全く届かない。

「響さーん、間合いが違うのですから迂闊に遠ざかってはダメですわよー」

そんな呑気な声援が、遥か後ろから飛び交った。

「参戦してくださいよー！」

「してますわよー」

狂三の言葉は正しい。彼女は援護射撃でビショップを牽制しつつ、ルークと響の戦いを油断なく見守っていた。そして、更には雲霞の如く湧き出るエンプティたちを相手に、必死の防戦を続けている準精霊たちへのフォローも欠かさない。

「というか、大丈夫ですわよ。響さん、あなたなら勝てますわ」

そして、狂三はそう断言した。

響は一瞬、目をパチパチさせたがすぐによっしゃ、と気合いを入れた。

「信じまーす！」

勝てる、と狂三が言ったなら。その信頼を受け入れる。

最後の最後の最後まで、彼女についていく。

「こ、の……！」

渾身の横薙ぎを軍刀で受け止め、刃を滑らせながらルークに肉薄。ルークは言葉一つで、大鎌を分身させ、燃やし、投擲させる力を持つが。

その対応策の多さ故に、行動の選択がわずかながら遅い。そういう意味では、狂三とルークの相性は、狂三にとって悪かったともいえる。

逆に、ただひたすら真っ直ぐに突き進む緋衣響は、ルークと相性が良かった。

迷うことなく一直線に、定めた狙いは首。ルークの最善の選択肢は、大鎌を一旦捨てて後方へと跳躍して、間合いを取ることだった。

だが、響の存在そのものが選択肢を抹消させた。

たかが一人の準精霊に、しかも不遜にも女王の力を盗んだ女に、逃げることなど絶対にあってはならない。

そこには本来エンプティが持つはずのない激情があり、憎悪(ぞうお)があった。

出来の悪い女王の紛(まが)い物(もの)、その姿を目にして動揺し続けていたことが敗因だろう。

軍刀(サーベル)の刃は、首の右側から左側の鎖骨へと食い込み、血を噴き出すより先にルークは消滅した。

「……ひえ、勝っちゃいました」

ビショップは唖然(あぜん)とした面持ちで、勝利した響を眺める。死ぬことは名誉であり、消えることは新たな三幹部の生誕であるが。そんな彼女たちが、よりにもよって。

「お前は、一体、何なんだ……！」

こんな、紛い物に敗北するなど――屈辱の極み！

ビショップが突っかかる。

「わ、と、やっ！」

奇妙な声を発しつつ、響はビショップの斬撃を回避する。当たれば、肉体的精神的に重力(グラビトン)を加えるビショップの小剣を、響は紙一重で回避しきった。

「こ、の……！」

当たれ、当たれ、当たれ！　当たれば、倒せるはず――！

「あの、いいんですか？」

間合いを取りつつ、響がビショップにそう尋ねた。

「何を――」

あどけない顔で、響は遠方を指差す。

そこには、狂的な笑みを浮かべた少女が一人。

「いくら何でも、狂三さんの存在を忘れるとか。有り得ないと思うんですけど」

その言葉に慌ててビショップが振り向いた瞬間、心臓と脳天を弾丸が抉(えぐ)った。

「あ」

ぽかんと、呆(ほう)けたように口を開いて。ビショップは全身を紐解(ひもと)かれ、溶けるように消えていった。

響は喜び勇んで、狂三に駆け寄る。

「……やりました、狂三さん！　二人の勝利です！」

「はいはい、わたくしたちの勝利ですわね。……けれど、肝心要の女王が不在ですわ」

「そうですよね。わたしも気になってたんですが……」

「何か心当たりはありませんの？　響さん、一時とはいえ白の女王に成り果てていたのですから……」

「いやいや。わたしは、わたしという概念……認識が、女王に取り込まれないようにするのに精一杯で、外界に気を配る余裕なんてなかったですよ。夜、嵐の海に手漕ぎのボートで立ち向かっていたみたいなものですから」

みたいなもの、というか完全にそんな感じの世界だったのだが。

「にしても、よくわたしが女王になってるって分かりましたね……」

「わたくし、こう見えても意地が悪いので。女王の立場で考えてみたら一発でしたわ。それにまあ、観察していれば違和感があちこちにありましたし」

狂三がこともなげにそう言うのを聞いて、響はため息をついた。

「……わたし、思うんですけど。狂三さんが恐ろしいのって、戦闘の最中にそういうことをきっちり考えてるとこですよねー」

俯瞰する視点と言えば大袈裟だが、眼前の戦闘へ無我夢中にならず、第三者的視点で物事を見られるのは一種の才能に他ならない。まして、戦いながら別の事柄を冷静に思考するのは、かなりの離れ業だ。

「三幹部が殲滅された今、女王が来なければ烏合の衆……。となると、もうそろそろ本物の凱旋ですわね」

「うう。来ないで欲しいなぁ」

「来なければ、逆に困りますわよ。わたくしたち」

もし来なかったとすれば、女王には別の狙いがある、ということになる。そしてそれは、間違いなく致命的な打撃になるに違いない。

「でも、状況的には滅茶苦茶不利ですよ。普通に、彼女たちと一緒に攻め込んできたら、多分負けてた気がします」

「多分、ですわね」

「?」

「響さんは第三領域で女王と戦ったときのこと、覚えていらっしゃいまして?」

「最後しか目撃はできてませんけど……」

「ギリギリの戦いでしたわ。わたくしは、あの時最大限に知恵を振り絞って、一〇〇パーセント負けるはずの戦いを、盤面ごと引っ繰り返して勝負無効に持ち込んだのです」

「……なるほど」

「彼女はそれを恐れたのかもしれませんわ。『多分』勝てるではなく。彼女は一〇〇パーセント確実な勝利を求めたのでは」

「い、いやいや。それで軍勢を失えば本末転倒ですよ⁉」

響の言う通りである。いくら【蠍の弾】で三幹部をいくらでも復活させることができる、とはいえ限度というものがある。

そもそも、【八の弾】と同じくあの弾丸も大量の時間（あるいは霊力だが、白の女王が反転体の素質を持つ以上、恐らくは時間消費による武器だろう、と狂三は見当をつけていた）を必要とするはずだ。

強大な能力には強大な消費が常について回る。

これは霊力であれ、時間であれ、あるいはそれ以外の何かであれ、変わりはなく等価交換を原則とする。

狂三はしばし考え——ふと、それに思い至る。

「……響さん、連れ去られたときにどこへ向かったか覚えておられまして」

「や、全然。ワープゾーン潜り抜けたら、何もない部屋に通されたんで」

「いえ。領域を渡りましたか？」

「あー、それは……渡ってなかったんじゃないでしょうか」

「つまり。洗脳された後に領域を渡ったのですわね。……となると……」

狂三と響がいたのは、第五領域(ゲブラー)。あのデタラメファンタジー世界は、それまでの領域にはない世界法則(ワールドルール)が適用されていた。

自身の能力の改竄(かいざん)。

不安定な霊力と法則があるが故の、反則技。既に狂三も、隣界では使用不可能だった【一の弾(ユッド・アレフ)】と【二の弾(ユッド・ベート)】を第五領域(ゲブラー)で改良している。

つまり。白の女王(クイーン)も当然ながら、第五領域(ゲブラー)の特性に関しては熟知しているだろう。

そうか……そもそも、第五領域(ゲブラー)に女王が奇襲を仕掛けてきた理由は、それだったのか？

例の召喚術士(サモナー)が召喚した例の彼女(にせのせいれい)は、ただの囮(おとり)？

待て、待て、待て。

もし、自分が女王の立場ならどうする？　彼女が持つ〈狂々帝(ルキフグス)〉――恐らく、能力の数は狂三と同じく一二。そして、その中には使い勝手が悪い、あるいは使う必要がない、などの能力も一つくらいはあるだろう。

そして、能力を改竄できるとして。どんな能力を望む？

――それは、時崎狂三の能力だ。

何しろ彼女は、シスタスから〈刻々帝(ザフキエル)〉の情報を得ている。無論、彼女が知らない弾丸もあるだろうが、主軸として使用する弾丸の能力は、ほぼ理解しているはずだ。

……そして、目の前の緋衣響。

白の女王に化けさせられた。

ああ、まさか、でも、そんな、けれど、もし、もしもそうだとしたら。

「狂三さん……？」

「響さん。もしかすると、ですが……」

狂三は自身の考察を開示した。こういう時、響という聞き役は貴重だ。もし、自分の推測が間違っていれば、豊富な知識でそれを指摘してくれるだろう。

だが、彼女は深刻に頷くだけで、反論することもなかった。

「……どうでしょう、この分析は」

「嫌ですけど、ホント穴がありませんね。……それで狂三さん、狂三さんの能力を模倣するとして、何を持ってくると思っているんです？　やっぱり、【七の弾】ですか？」

「いいえ、外れですわね」

時間を停止させるのは、確かに強力だ。当たれば、一撃で仕留めることもできるだろう。

だが、もっともっと強力な弾丸が狂三にはある。

それは、分身体である狂三には容易に使えない、切り札中の切り札。

「えっと、じゃあ――」

響がその正解に至らなかったのも、無理はない。彼女には、その弾丸の力をロクに見せていない。その弾丸で生成された時崎狂三は二人だけ。第三領域(ビナー)で戦死した幼い時崎狂三と、シスタスだけだ。

あれは、あの弾丸は。事実上無限に近い形で増殖ができる。もちろん限界はあるにせよ、戦力として使い捨てることができるほどに。

ああ、最悪の想像をしてしまう。

――エンプティを三幹部に変化させる【蠍の弾(アクラヴ)】を持ったのも。

――自分と同じ立場だった時崎狂三を拷問し、弾丸の特性を調査したのも。

――第五領域(ゲブラー)で緋衣響を攫い、白の女王(クイーン)に変化させたのも。

《時崎狂三、ちょっといいかい？》

篝卦(かがりけ)ハラカの念話(テレパス)通信に狂三は応じた。

《……なんでしょう》

《エンプティたちが、全員動きを止めたんだけど。……これ、攻撃していいもん？》

その言葉に、慌てて狂三は周囲を見やった。

まるで時間でも停止したかのように、エンプティたちは動かない。さすがに蒼(ツァン)も攻撃を躊躇い、様子見している。

「勝った……とか？」

「いいえ、違いますわ」

響の推察をひとまず叩き潰す。そんな希望的観測を持ち合わせていては、ここから先の地獄に付き合えない。

……もうすぐ、彼女がやってくるのだろう。その前に、全員へ伝えなければならない。

《皆さん、聞こえていらっしゃいますね？》

狂三は隣にいる響を含めて、戦場にいる全員にハラカの霊符で念話を送る。聞こえている、という同意の言葉を全員から受け取り、狂三は話し始めた。

《既にご存じかと思いますが、白の女王は響さんが変化させられた偽物でした。つまり、本物はまだここにいません。ですが、第二領域の例の霊力をコントロールするシステムに干渉した訳でもなさそうです。もちろん、第一領域へ向かった訳でもない》

《どうしてそれが分かるのさ？　霊力操作する別の手段を見つけたかも》

ハラカが危惧するのは、戦争と称してエンプティたちを総出で動員する一方で、白の女王が霊力の操作を行っているという状況だ。

《可能性としては低いですわ。今の今まで見つけることができなかったものが、このタイ

ミングで発見できるはずがありませんもの》
《……だけど。それならどうして戦わなかった？　白の女王(クイーン)がいたなら、この戦いはたぶん私たちの敗北だった》
　蒼の言葉を、狂三は違う、と否定する。
《たぶん、ですわ。わたくしや支配者(ドミニオン)の潜在能力(ポテンシャル)、出し抜かれただけとはいえ敗北を喫したこと。それら諸々を考えれば、必勝を求めざるを得ません。そして、エンプティと三幹部では不確定要素が多すぎる》
　エンプティが命を捨てたとしても、狂三や支配者(ドミニオン)には届かない。三幹部は強いが、一度倒されると、【蠍の弾(アクラヴ)】で復活させなければならない。
　……もちろん、彼女たちも本来であれば充分に強敵だ。
　けれど、時崎狂三には勝てないだろうし（現にナイトはほぼ完封された）、ルークとビショップは既に能力に至るまで看破されている。
《こちらが思っているよりも、女王にも後がないのです》
《待って欲しい。で、あれば――彼女は逃げた訳ではない。そして、こちらの想定した戦いを行う訳でもない。なら、女王は何を企(たくら)んでいる？》
　雪城真夜(ゆきしろまや)の問い掛けに、狂三はその答えを発する覚悟を決める。

《女王は――恐らく、模倣を企んでいます》
《……模倣？》
《それは、わたくしの能力。そして恐らくは、かつてシスタスが奪われたもの。女王はそれを執念で解析して、第五領域(ゲブラー)でスキルの一種として改竄したのでしょう》
全員が息を呑(の)む気配。
《……ねぇ。女王はあなたの能力の何を模倣したのぅ？》
アリアドネの問い掛け。
《わたくしが〈刻々帝(ザフキエル)〉で扱える最強の弾丸。そして、わたくしがわたくしであるが故に、使用を忌避していた弾丸。八番目――【八の弾(ヘット)】ですわ》
「狂三さん、それ……！」
《【八の弾(ヘット)】は過去を再現する……具体的には、わたくし自身の過去から瞬間を選び出し、分身体(コピー)を作り上げます》
《……わたくし(シスタス)が、その具体例ですわね》
シスタスがぽつりと呟(つぶや)いた。
《待って待って待って！　つまり、何かい？　白の女王(クイーン)が無数に増えてやってくる、ってこと？》

《――その通りだよ、篝卦ハラカ》

ハラカの慌てふためいた言葉に応えたのは、狂三ではなく。

「狂三さ……」

「出てきましたわね。最悪ですわ、まったく」

狂三はため息をついて、ゆっくりと近寄ってくるエンプティを見守った。

肩口から大きく引き裂かれた彼女は、ふらふらとよろめきながらも恍惚（こうこつ）の表情を浮かべている。

そして、大きく裂けた肩からずるりと、真っ白な暗黒が這（は）い出てきた。

「白の女王（クイーン）……」

「やあ、時崎狂三。余興は楽しめたかな？」

強い口調に、狂三は少し失望したようにため息をつく。

「あらあらあら。またその口調ですのね」

「〝彼女〟のことなら、君とは会いたくないそうだ。もっとも、再び言葉を交わすことができる、なんて希望は持たない方がいい」

白の女王（クイーン）――〝将軍（ジェネラル）〟が告げる。

「【八の弾（ヘット）】」

「……ほう、気付いたのか」

時崎狂三の言葉に、女王は薄ら笑う。

「ええ、ええ。気付きますとも。あなたらしい、実にこすっからい戦術ですわね」

狂三の挑発に、白の女王は肩を竦めた。

「どうとでも言うがいいさ。さあ、諸君。『蹂躙戴冠』の時間だ！」

指を鳴らす。

肩を引き裂かれたエンプティを踏み場にして、次々と女王が現れた。

「そんな……」

緋衣響が愕然としたように呟く。一、二、三――。

狂三の眼前には、五体の女王。特に変わりなく、姿は本体と同一。武器は軍刀と白塗りの古式銃――〈狂々帝〉。

「五体……ですわね」

「不満かな？」

「いいえ、まさか。むしろ少なくありませんこと？　それとも、それがあなたの限界でして？」

「そうでもないさ。限界だったのは、人数が限られていたせいでね」

「人数――」

その言葉を聞いてはっ、と狂三が気付いた。しまった……！　今すぐ、彼女たちを処理しなくては！

「【八と蠍の弾（ヘット・アクラヴ）】――！」

だが、白の女王（クイーン）がいつのまにか歩み寄ってきたエンプティへ、その弾丸を撃ち込む方が早かった。

「時間が掛かったけどね。どうにか上手（うま）くいった。君の【八の弾（ヘット）】と私の【蠍の弾（アクラヴ）】、どちらも一長一短があった。君のは消費する時間が膨大すぎて、私の方は作る素体の強さに限界があった」

だから組み合わせた。

先ほどまで、どこにでもいる誰でもないはずだった少女は消え失（う）せ、代わりに新たな女王が誕生した。

これで、六体。本体も含めて七体。この隣界で猛威を振るった、最凶の精霊たちが、そこにいた。

「――なんて下劣。最初から、そのつもりでエンプティをかき集めていましたのね」

狂三は吐き捨てるように言った。

「その通り。私には本来、部下も狂信者も必要なかったんだ。欲しかったのは、私の材料となる彼女たちだけ。だってそうだろ？　絶対的な強者が一人いて、それを模造し続ければ――絶対的な強者たちだけの、最強の軍勢だ。今から、それを証明しよう」

　その言葉と同時、五人の女王たちが一斉に、エンプティへ銃を向けた。

「【八と蠍の弾(ヘット・アクラヴ)】」

　五発の弾丸は、五人のエンプティを白の女王(クイーン)に変貌させた。

「そんな……こんなの……絶対に……無理……！」

　響が茫然自失(ぼうぜんじしつ)として、悲鳴を上げる。遠巻きにこちらの様子を窺っている篝卦ハラカを始めとする支配者(ドミニオン)たちにも、色濃い敗北と絶望の気配が漂っていた。

「無理ではありませんわ」

　そしてただ一人、たった一人の少女だけが。その絶望と向き合い、睨(にら)み、噛(か)みつこうとしている。

「どうするつもりかな、時崎狂三」

「どうするもこうするも、話は簡単ですわ。あなたを倒す。分身ではない、本体であるあなたを倒す。そうすれば、彼女たちは諸共(もろとも)消え失せる。そうでしょう？」

　直接的な物言いに、白の女王(クイーン)は酷薄に笑う。

「かもしれないね。だが、私がそうさせると思うのかい？」

「力尽くに決まってるではありませんの」

「うわー……単純明快だー……」

響は苦笑しながらも、落ち着きを取り戻す。現在、白の女王は最初の一体、次の五体、本体が生み出した一体＋五体。六＋六で一二体。

もちろん、彼女たちは加速度的に数を増やしていくだろう。

しかし、それにしても生産には限度があるはずだ。

……そう思わなければ、やってられない。正直に言って、絶望的な状況だ。

《こちら響です。皆さん――エンプティを全力で消滅させてください！　さもないと倍々ゲームどころじゃない騒ぎで、女王が増殖していきます！》

《シスタス。真夜さんともども、前線に参加してくださいまし》

《ですが、それでは――》

《わたくしが抑えます。絶対に第一領域へ行かせはしません》

狂三がそう言うとわずかな沈黙の後、二人が了承した。

「さて……」

狂三は響を見て、肩に手を乗せた。

「響さん、今回ばかりは手助けできませんわ。幸い、あなたには力がある。どうか、死なないように戦ってくださいまし」

「……やってみます……！」

響の返事は、明瞭だった。恐怖はあるが、絶望に囚(とら)われてはいない。

《それでは最後に。皆様、わたくしは――》

少しばかり逡巡(しゅんじゅん)して、狂三はぼそりと呟いた。

《良い仲間を持ちました。全員で生き残りますわよ、、、、、、、》

全員が息を呑む。

それから恥ずかしさを堪えるように、狂三は無言で走り出した。

「あー……」

これは、ダメだ。

これは、反則だろう。

こうなってしまえば、仕方がない。何としてでも、死に物狂いで生き残らなくては！

全員の心が一つになったと同時、白の女王(クイーン)たちとエンプティの群れが雪崩のような勢いで襲いかかった。

◇

狂三の言葉は、蒼にとって脳が痺れるような衝撃があった。

「おおー……」

疲労困憊だったはずの肉体に、活力が戻ってくる。首をこきりと鳴らし、彼方から迫る白の女王たちを見た。

「……よし、戦おう」

あの時崎狂三が、あの狂おしい芸術のような怪物が、良い仲間を持った、と言ってくれた。そして全員で生き残ろう、と言ってくれたのだ。

となれば、絶対に生き残る。では生き残るために何が邪魔かというと。

「……うん、お前らだ」

深呼吸からの咆哮は猿叫というより、獅子吼と呼ぶべきか。獰猛で、凶悪で、残忍な肉食獣の叫び。

今、自分はたった一人で戦っている。だけど、孤独ではない。今、時崎狂三が言ったように。背中を預けるに足る仲間がいるのだ。

「おや。随分と元気になったようだね」

「当然。あの言葉を貰って元気にならない準精霊がいたら、お目に掛かりたいものだ」

「負け惜しみにしか聞こえないが」

白の女王の言葉は正しい。

蒼の全身は朱に染まり、片目は瞼を切ったのか目を閉じている。指は三本ほど折れており、柄を握るだけで激痛が走るだろう。

それだけではない。撃たれ、爆風を受け続けた彼女の体は外側も内側もボロボロだった。

なのに、苦痛を堪えている様子は見受けられない。

「痛覚をカットしているのか？」

「違う。私は多分、少し——我慢強いだけ」

振り向いた蒼の目に映る、一〇人はくだらない女王たち。銃を、軍刀を構えて、蒼の周囲を取り巻いている。彼女たちが一斉に口を開く。

「だけど、君の霊装はもうボロボロだよ？」「無銘天使もひび割れている」「傷も深い」

「君は勝てるどころか、生き残ることも難しい」「立って戦ったところで、全ては無益なのさ」

白の女王の言葉に、蒼は不思議そうに首を傾げて言った。

「一つ尋ねたい。それらは、戦わない理由になるのか？」

蒼には本当に不思議である。

ボロボロになるのはいつものことだ。戦うことが無益になるのだってよくある。

そもそも戦うことは楽しいが、辛いことだ。楽しいけど、悲しいことだ。楽しいけど、絶望することだってある。

無駄、無益、無情。

けれど、それは蒼にとっていつものことだ。戦いとは、そういうものなのだから。

「戦いに勝利と栄光しかない、そう思っているなら女王は幸せだ。敗北も屈辱も、確かにあるのだ。……ああ、そうか。そんなことも分からないから――」

私は、あなたと戦いたくなかったのだ。

「……負け惜しみに聞こえるね」

「別に。どうとでも解釈すればいい。さ、やりたくないがやってあげよう」

ハルバード――無銘天使〈天星狼〉を構える。

最前線に立ち続ける彼女の視線はもう、時崎狂三を追ってはいなかった。充分だ。あの言葉で、充分すぎるほどに理解できた。

「うん。仲間のために戦うのは――気持ちがいい」

清々しい美しさすら感じる姿。蒼は珍しく、楽しそうに笑って。そして何度目かの、愚直な突撃を開始した。

キャルト・ア・ジュエーはチグハグである。

男装の麗人みたいな服が好みだが、可愛さ特化(かわいオンリー)の服を着てみたい時がある。

トランプを配下として扱うが、先輩として敬う場合もある。

恋など不要と思っていたが、恋をしてもいいかも、などと考える時もある。かつて第三領域(ビナー)で過ごしていた時、隣界編成(コンパイル)に関する噂(うわさ)——黒い柱に触れると現れる、太陽のように朗らかな少年の噂を聞いたときは特に。

キャルトは当たり前のように、死ぬのが怖い。でも、死ぬことより怖いものがある。

それは、この戦場で死ぬこと。

もし自分が死ねば、それは蟻(あり)の一穴に通じる。戦力と呼べるトランプたちが消えて、周囲は総崩れになるだろう。

そうなると、全員が死ぬ。アリアドネも、ハラカも、蒼も、シスタスも、雪城真夜も、

そして恐らく時崎狂三も死ぬ。

それは、世界の損失だとキャルトは思う。

ああ、でも。怖くて怖くてたまらなくて。意志を強く持たなければ、カードを操る手す

らも、覚束ない。

「という訳で、どうしようかみんな……みんな……」

力なく、キャルトは問い掛ける。自分の部下、四枚のトランプに。

『どうもこうも。意志を強く持てばいいでござろう！』

スペードはもっともな意見を言った。全身が千切れかかっているけれど。

『前にも言った通り。生きているだけで儲けものと思うがいい！ そもそも、この場では死なないことが重要で、だからここで我らは奮戦しているのだろう』

クローバーは激励した。腰のあたりから半ばまで破られているけれど。

『もうそろそろコッチも限界なので、どんどん新人を送り込むッス！』

ダイヤは自分たちの消滅が近いことを告げた。霊晶爆薬の爆風を受けたせいで、攻撃すらもできなくなっているけれど。

『どうか悲しまないでくださーい！ 代わりはいますからー！』

ハートが笑って言った。もう、消えかかっているけれど。

自分より、余程無理な状態で四枚は足掻いていた。それでも彼女らは不敵に笑い、キャルトを励ましている。

「——ああ、悲しまないよ。君たちの後継者を、ちゃんと決める」

死ねない理由が、ここにある。

このトランプたちは皆、自分のために命を賭(と)した。自分が死ねば、忘れ去られてしまうほどの小さくて、生意気で、とても可愛い彼女たちは。

その言葉を、決意と受け取って。

『それでは』『後は』『お任せ』『がんばれ‼』

トランプたちは白の女王(クイーン)の猛攻に消えていく。だが――。

「まだまだだ。〈創成戯画(セルヴァント・エフェメール)〉！」

新たなトランプたちが蘇(よみがえ)る。キャルトは長い間自分に付き合ってくれたトランプたちを想(おも)い、泣きべそをかきながら――それでも、生き残り続ける。

全員で生き残る――狂三の言葉に感銘はすれど、アリアドネ・フォックスロットはその可能性は低いだろうな、と認識していた。

感銘は、したのだ。

「狂三さんねぇ、思ったよりも……いい人だったぽいなぁ……」

いや、いい人か悪い人かと問われれば多分、悪い人なのだろう。彼女の本質は残酷だ。

ただ、悪だからといって情に薄いとは限らず。

善だからといって情に厚いとも限らない。

だが、まあ何というか。感銘を受けてしまった。そしてどうやら、ここから先は後のことを考える必要はないらしい。

ここから先は掛け値無しの全力疾走、女王になるエンプティを一人でも滅ぼし、女王の首級（しるし）を一つでも持ち帰る。

「無銘天使〈太陰太陽二十四節気（たいいんたいようにじゅうよんせつき）〉——秘太刀・四聖謳歌（しせいおうか）」

水銀の糸が編み上げられ、四つの武器へと変貌する。刀・槍（やり）・斧（おの）・盾——それぞれが、糸で繋（つな）がったまま、アリアドネの周囲をくるくると回り出した。

「きっつ……」

武器を一つ操作するだけなら、アリアドネは楽にできる。だが、それが二つ三つと増えていくと、それだけ複雑な操作が要求される。単純に労力が二倍になる、というだけではない。刀を右に移動させる、そして然（しか）る後（のち）に槍を別の場所に移動させる……とすると、思考に必要な労力は二倍どころではなく、しかも武器が増える度に指数関数的に跳ね上がる。

奥の手、というよりは禁じ手に等しい。そもそも、本来は短期決戦を前提にした秘奥（ひおう）中の秘奥である。

だが、今のアリアドネたちにはこれが必要だった。

「――よいしょ、っとう！」

襲いかかる三つの武器、刀、槍、斧がエンプティたちを切り刻み、白の女王の銃撃は盾が防いだ。

「き、つ……！」

脳が焼き切れるのが先か、それとも力尽きるのが先か。いずれにせよ、それまでは死に物狂いで戦わなければ。

……ああ、だけど。

「どうしたのかな、アリアドネ・フォックスロット」

「！」

振り返る――撃たれる。肩を掠めただけなのに、その威力で吹き飛ばされる。

「ぐ、う……！」

じくり、と何かが憑くような痛みだった。流れる血、揺らぐ意識、けれど戦わなくてはならない。だが、這いつくばる状況は思っていた以上に心地よかった。死ぬと理解していても、一秒でも長く横たわっていたかった。

そこへ、声が掛かった。

「賭けをしようか。君か、篝卦ハラカか。それとも雪城真夜か」

ニタリと、白の女王(クイーン)たちが邪悪な笑みを浮かべて言った。

「最初に死ぬのは誰か、私は当てられるかな？」

「……言わせて、おけば……！」

怒りが痛みを緩和する。アリアドネは立ち上がると、再び無銘天使を展開。とはいえ、
とアリアドネは内心で計算する。この怒りによる攻撃は、そう長くは保(も)たないだろう。

持続する怒りなどなく、尽きた体力を精神力で補塡するにも限度がある。

深呼吸。

やれるだけのことを、精一杯やる。——それだけだ、と心に決める。

「まだまだ、いくよう……！」

白の女王(クイーン)たちはくすりと笑って、迎撃のために銃を向ける。


篝卦ハラカの下へ、雪城真夜が合流した。

「——大丈夫？」

「あまり大丈夫じゃないかねぇ」

ハラカは苦笑して、霊符を指で挟む。無尽蔵といえるほど溜(た)め込んでいた霊符も、そろ

そろ節約せねばならない状況まで来ていた。

真夜の方も辿り着くまでに、白の女王たちと数度の戦闘を行った。半分以上の本が焼失し、彼女自身も軽傷を負っている。

「まあ、来てくれて助かったよ。延命医療みたいなモンだけどさ」

「……そうかもしれない。あなたには悪いことをした」

巻き込んだ責任を感じているのか、真夜は肩を落とす。

「自分で選んだ道さね。というか、どっちにしろ隣界滅ぼすんだから抵抗しなきゃ、いけなかったんだ。それにしても……多くなったねぇ」

皮肉なことに。ただの雑兵でしかなかったエンプティたちは、今や最大の脅威となっていた。

白の女王――その分身体たちは、ハラカや真夜を相手に本格的に戦うことはなく、あくまでエンプティたちを女王へ変貌させることに注力している。従って、ハラカや真夜は白の女王の弾丸から、エンプティを守らなければならなかった。

そしてそれでも、増殖は止まらない。

死ぬという実感が、ゆっくりと二人の心を侵す。

「幸運なことに、増殖のペースは緩やか。まだ、絶望するのは早い」

「そうは言うけど……もう、一〇〇体は超えたよ？」

白の女王（クイーン）がエンプティを撃つ度、空っぽだったはずの彼女たちは羽化していく。

「本来なら、とっくに一〇〇〇を超えてもおかしくないはず。時崎狂三が奮闘しているのだろう」

「――かもね」

話しながらも、ハラカと真夜は戦い続けていた。ハラカの霊符が、真夜の書物が、炎や氷、果ては巨岩を撒（ま）き散らし、エンプティを屠（ほふ）っていく。

だが、そこへ女王たちが介入する。

「く……！」

「何故（なぜ）逆らう？　何故嘲弄する？　どうせ既に、終わった命だというのに」

白の女王（クイーン）の軍刀（サーベル）が煌（きら）めき、ハラカを斬る。庇（かば）おうとした真夜も、間髪容（い）れずに斬る。

咄嗟（とっさ）に霊符と書物で防御したものの、かなりの深手を負った。転がって間合いを取ろうとするが、その先にも女王たちが待ち構えている。

「傷、を……」

まずは治療を行わなければ、そう考えたハラカが霊符を手にする。視界はチカチカと、切れかけの電球しかない部屋のように、明滅していた。

当然、彼女たちを白の女王が見逃す訳がない。一斉に銃を向けられる──ハラカと真夜はこれまでか、と覚悟を決める。

そこへ、一八発の連射。白の女王は倒れ、あるいは怯んだ。

「時崎狂三……！」

怨嗟の混じったような声。遥か彼方にいる狂三はしかし、不敵に笑う。

「わたくしの目の届く範囲にいる、女王が悪いのですわよ？」

そう言いつつも、時を刻む黄金の左目は決して〝本体〟から離れない。

「用心深いね、君は。私が君を置いて第一領域へ向かうとでも？」

白の女王がそう言うと、狂三はきひひひ、と嘲笑う。

「もちろん思っていますわ。あなたはそういう方だと、わたくし信用しておりますの」

「私が偽者だと、そう思わないのかい？　先ほどから戦っているのは、偽者で時間稼ぎをされている、と」

「あらあら、そうかもしれませんわね。では、その証明に死んでくださいませんこと？」

白の女王の挑発に挑発を返す。狂三は一〇割の確信を持って彼女が本体だと認識していた。女王の姿そのものに変わりはなくとも、所作が同じであろうとも、本体と分身体には絶対的な差異がある。

女王は苦笑して肩を竦めた。

「すまない。下らない戯れ言だった。やはり私は、〝令嬢〟のような搦め手は向いていないのだろうね」

「〝令嬢〟……？」

訝しむ狂三に彼女は言う。

「私たちは複数の人格を持っている。私は戦闘に長けた〝将軍〟、準精霊を誘惑し堕落させる〝令嬢〟、処刑専門の〝死刑執行人〟、潜入工作を行う〝工作員〟、エンプティたちの指揮を行う〝政治屋〟、そして――〝上帝〟。最後が誰かは、君に言うまでもないね？」

「なるほど、役割分担。最初から、あなたはこの隣界にいる味方を含めた全てを信頼していなかったのですわね」

「ご名答。私は私たち以外の誰一人として信用せず、信頼せず、絆を育まず、情を捧げたりはしない。私たちに必要なのは――」

そう言って、何かに気付いたように白の女王は口ごもった。

「……私たちだけだ」

「そう。……では、最後に一つだけ尋ねてもよろしいですか？」

最後、という言葉に女王は笑う。

「いいとも」

「あの子は、今、起きていますの？　それとも眠っていますの？」

「私たちの主人格だ。起きているか眠っているかは――私には分からなくてね」

苦笑する白の女王。

「あら、残念。では、お伝えくださいまし。あなたが何を考え、何を策し、何を目的として動いているかは知りませんが――」

再会の驚きはあっても喜びはなく。悲しみはあっても嬉しさはない。

山打紗和という名前を聞く度に、重苦しい、苦痛でしかないあの瞬間を、思い出してしまう。

……それでも。

「再会できて、嬉しいですわ。敵対するなら、必ず殺しますけれど」

「――そうか。伝えておくよ」

沈黙。くすりと笑い合い、女王は口を開いた。

「さあ、私と君の一騎打ちだ。誰にも邪魔はさせない。今度こそ――」

「ええ、決着をつけますわよ。まずは、あなたとわたくしの」

分身体の女王たちが見守る中、閃光と暗黒が激突した。

――そして、緋衣響は一人考える。

強くなったことで余裕ができ、余裕ができたことで戦いながら思考を並列で動かすことができた。

故に、微細な違和感を違和感として見逃すことなく、彼女は思考を続ける。

おかしいことが一つある。

冷静に、ひたすら冷静にそれについて考えてみる。それは恐らく、狂三を除けば一番白の女王に関わったであろう、緋衣響にしか為せないことだ。

増える速度が遅い。

エンプティが女王の特殊な弾丸で撃たれ、変貌するまでに掛かる時間は約一分。さながら走るゾンビ並みの感染速度――のはずなのだが。

（んー、やっぱ遅いよね）

女王が放つ弾丸を回避し、軍刀を受け止め、時には反撃を加えながら、女王の数をカウントする。

やはり遅い。

甚振っている訳ではないだろう、いくら女王とてそんな余裕はない。

ならば、何が起きているのか。

女王が響に向けて弾丸を撃つ——回避。回避したそれは、偶然エンプティへと直撃。エンプティは残念そうに瞼を閉じ、溶けて消えた。

今の現象に不思議はない。

では、もう一つのパターン。響ではなく、エンプティに向けて弾丸を放つ白の女王。エンプティが夢見心地のままにその弾丸を受け取り、ぐにゃりと姿を変化させ、新たな白の女王が生まれる。

響はそれを確認すると、撃たれた女王ではなく、撃った女王に軍刀を振りかざした。

「……！」

女王が大きく後方へ跳躍——間合いを取る。そうはさせじと、響が詰め寄る。そこへ、女王たちが殺到して銃撃。

「わたた！」

弾丸を軍刀で弾く——自分でもどうしてそんなことができるか、全く分からない。最早、緋衣響の肉体であって、そうではないような。普段乗っている自転車に、ジェットエンジンがついたような気分。

　今の行動に不審な点はあったか？

（あった）

　エンプティたちを巻き込み、蹴散らしながら響は考える。

　撃った女王を他の女王たちが守った。

　その事実が意味するところは、ただ一つ。響は白の女王に傍受されるのを承知の上で、全員にその推理を披露した。

《分かりました、皆さん！　白の女王を増やす能力を持っているのは、最初に出てきた五体だけです！　それ以外の女王は、能力を持っていません！　最初の五体を仕留めれば、増殖は抑えられます！》

　――狂三も含めて、全員が息を呑む。

　暗闇に差し込んだ光のような言葉だった。最初の五人、それさえ押さえられれば――。

《それはとてもいい考えだ。だが、緋衣響。それには一つ欠点がある。どうやって、その五人を見分けるのかな？》

　白の女王の言葉に、響が凍り付く。

《……え、っと。それは……》

《できないだろう？　対策は、この程度で事足りる》

白の女王（クイーン）たちが軍刀（サーベル）ではなく、一斉に銃を手に取り、エンプティたちを撃った。

「な——!?」

絶句する響、エンプティたちは次々と倒れていくがその中に一人、女王へと変化していくものがいる。

《……敵味方お構いなし、ですのね。エンプティが減ってもいい、ということでして？》

《目先の一〇より、とりあえず一を作り上げる。何、もう既に君たちを数で圧倒している。そろそろ拮抗（きっこう）が崩れる頃合いだろう》

確かに白の女王（クイーン）の言う通り、一〇〇体ほどだった白の女王（クイーン）は既に二〇〇を突破した。本体である白の女王（クイーン）と異なり、多くは〈狂々帝（ルキフグス）〉の力を発動できない、ただの模造品（レプリカ）であるが、それでもその身体能力はエンプティなど歯牙（しが）にも掛けず、支配者（ドミニオン）たちと拮抗するに足る。

となれば、後は数と時間の問題。

白の女王（クイーン）は引き延ばすだけで、この戦争に勝利する。

「あ、ダメ——‼」

ここに至ってアリアドネが、遂（つい）にミスをした。精密なコントロールで知られる彼女の水銀糸が、ハラカの肩を掠めた。

「……っ！」

「ご、ごめ……ごめん……！」

噴出する血が、床を染める。深手という訳ではないが、衝撃が大きかった。自分がミスをしたことではなく、仲間を傷つけてしまったという悔恨が突き刺さる。

「気にするな！　これだけいれば仕方がないさ！」

けれど、ハラカは気にしない。

アリアドネへ振り向くこともなく――その余裕もなく。痛みを堪えて、ひたすらに霊符を投げつけ、エンプティを倒し続ける。

だが精神力で戦い続けることができるのは、わずかな間だけだ。

苦痛、疲労、絶望、それらが精神力を痛めつけていく。

そして足が動かなくなった時、全ては終わる。

「あ――」

アリアドネが、倒れた。指一本動かせない、はらはらと糸で編み上げられた剣や盾が消えていく。

（ダメ、か――）

ここまで、だ。

ここまでしかできなかった。自分が倒れたことで、ハラカや真夜が諦めてしまうかもしれない。それは申し訳ない。

──後悔している？

しているとすれば、もっと強くなるべきだった。この戦いを選んだこと自体に後悔はない。瞼が落ちかける。眠気というには、あまりに苛烈な重圧。

これは失墜そのものだ。

落下して落下して、落ちて潰れて、後には何も残らない。

アリアドネが倒れたことに気付いたハラカと真夜が、反射的に駆け寄ろうとする。

そんな隙を見逃す女王たちではない。構えた軍刀(サーベル)で、彼女たちに刃を突き立て──。

彼方(かなた)から、突然無数のくないが女王目掛けて襲いかかった。

「！」

「七宝行者(しちほうぎょうじゃ)・降閻魔尊(ごうえんまそん)『防』！」

ごっ、という音と共にアリアドネと真夜、ハラカを炎の壁が取り囲んだ。一瞬、新たな女王の能力かと思ったが、壁は女王たちと三人を遮っている。

「これ、真夜か……？」

ハラカの問い掛けに、真夜は首を横に振る。

「じゃあ、他の誰か？」

キャルトか、シスタスか、蒼ではないだろう、あるいは緋衣響か？

「違う。どうやら……どうも、奇跡、じゃなくて、何というか、私の、願いが、叶った、みたい」

真夜が途切れ途切れに言葉を紡ぐ。

白の女王たちは一旦、三人を戦闘不能と見なして散った。そこへ、銃弾と水が雨あられと降り注いだ。

「これは……増援か」

女王たちはわずかに驚きを露わにしたが、すぐに気を取り直した。準精霊の雑兵が、何人来ようが問題ない。既にこちらは二〇〇人を超えている。

だが、エンプティたちを倒されれば少し厄介なことになる。幸い、既に時崎狂三以外は片が付く頃合いだ。

ここは、援軍をとっとと始末して――

「わ‼」

それは音ではなく衝撃波、だった。たった一人の少女の、たった一人の喉から迸(ほとばし)った声が、決戦場の隅から隅まで響き渡った。

「こ、この……小うるさいくせにキュートボイスはもしかして！」

響が最初に気付く。戦場に立つその姿は、艶(あで)やかで華やかでたまらなく派手だった。手にしたマイクは無銘天使〈天賦楽唱(アマデウス)〉、戦闘力皆無。だがしかし、今、この場この瞬間であれば。間違いなく、最強を謳(うた)うに相応(ふさわ)しい。

何故(なぜ)なら、彼女の声は——この戦場全てに届くのだから。

「こ・ん・に・ち・はアアアアアアアアアッ！　イエーイ！　第九領域(イェソド)の支配者(ドミニオン)、輝俐(キラリ)リネム！　遅ればせながら、到着したよー！　アリアちゃん、大丈夫——⁉」

輝俐リネム——雪城真夜の手紙を受け取り、迷わず最短距離で突っ走って駆けつけてきた、歌唄いである。

「フン」

白の女王(クイーン)は彼女に狙いを定め、銃の引き金を引いた。

「およ？」

飛来する弾丸。ぽかんとそれを見ているリネム。スーツ姿の少女たちが慌ててリネムをガードした。

「先輩……もう……速すぎます……ぜえ……ぜえ……」

そして、彼女の後からふらふらと、絆王院瑞葉がやってきた。全力ダッシュしたらしく、肩で息を切らせている。

「あの……リネム先輩……わ、私たち、本当にここに来て良かったのですか？　白の女王が……一杯……山ほど……いるんですけど……」

「だって助けを求められたんだもの！　死ぬ死なないなんて些細な問題よ！」

「でっかい大問題です！」

「大丈夫！　アタシたちは死なないわ。だって、アタシがそう思い込んでるからネ！」

その言葉は戦場に響き渡り、輝俐リネムを知っている者も、知らない者も、しっかりと聞き届けた。ある者は呆れ果て、ある者たちは笑った。

「正直に申し上げます。端的に申し上げてアホですか貴女」

本来、瑞葉をガードするためのＳＰ準精霊が言った。リネムはそれでも自信ありげに豊かな胸を張る。

「さあ、そんなことより歌うわよ。アタシたちの求められているものって、つまるところソレしかないからね！」

リネムがマイクを握る。

「はい。まあ、私もそれしかできませんから。……皆様、ご面倒をお掛けしますが……」

瑞葉が申し訳なさそうに、SPたちに告げるが彼女たちは首を横に振って、その言葉を否定する。

「いいえ、瑞葉様のためならば。我らは命を賭すに足る理由があります。どうあれ、何であれ、私たちは――貴女のファンなのです」

「えーと……リネム先輩も守ってくださいね？」

瑞葉の言葉に、SPがふて腐れたようにそっぽを向く。瑞葉がリネムに恋い焦がれていることは、リネムと瑞葉を除けば周知の事実である。

「……ちょっとアンタたち？　アタシも守ってくれないとさすがに怖いんだけど⁉」

「まあ、それなりに守って差し上げますよ。仕方ないですから」

それならいいか、とリネムはあっさり納得して、遥か彼方にいる真夜を呼ぶ。

「マヤマヤ――！　まだ生きてるよね――！　アリアちゃんとハラカも生きてると信じて、今から歌うよー！」

「う、歌いまーす！」

そう言って、全く何の脈絡もなく。

スター二人の歌が、始まった。

夢と現の狭間に漂うアタシとあなた
沈んでいくの？　空を飛ぶの？
空を飛べば傷ついて
海に沈めば静かになれる

「……まや……」

「アリアドネ、気が付いた？」

「ん」

アリアドネが身を起こす。戦場に歌が響き渡るという奇妙な状況は、まるで不条理な夢か何かを見ているような気分だった。

「どうなった？」

「疲労で意識を失っただけ。寝かしてあげたいけど、そうもいかないから」

「大丈夫、平気。……それにしても、リネリネ来ちゃったんだ」

「あの子は、基本的に馬鹿だから」

真夜がそう言うが、その頬は赤い。来てくれた、という嬉しさがある。怒られても仕方ないのに、全く怒らなかったことにも。

「リネムだけじゃないみたいだよ、ホラ」

ハラカが指差した先には銃ヶ崎烈美とその部下たち。無銘天使である銃と水鉄砲を女王へ撃ちまくっている。

「さあさあ、どんどん撃つよ！　あいつらは、華羽の仇だ！　引き金を引いて引いて引きまくれ！　第八領域の新参支配者、銃ヶ崎をよろしく頼むぜイヤッホー戦場だ――！」

アリアドネは深呼吸を一つすると、満足げに頷いた。

支離滅裂だった思考、疲労しきっていた肉体、それら全てがリセットされた感覚。

体は軽く、頭の働きもいい。まだ、もう少しだけ戦えると自己分析。

「ごめんねぇ、ミスっちゃって」

「いいってことさ」

アリアドネの謝罪に、ハラカが勢いよく背中を叩いた。

「痛いってばぁ」

アリアドネは顔をしかめた。彼女たちの周囲を取り巻く炎は未だ燃えさかっており、女王たちも牽制射撃をする程度で、攻めあぐねているようだった。

とはいえ、弱まりつつある。

「私の見立てでは、あと三〇秒くらい。その間に、再戦闘の準備を」

「了解ー」「あいよ」

炎が消える。それとほぼ同時に、無数の弾丸が女王たちから撃ち込まれる。だが、与えられた時間を無為に過ごすほど、彼女たちは甘くはない。

「開封──第一の書・〈光あれと彼女は告げた〉！」

真夜が生み出した光の剣が、アリアドネが編み上げた盾が、ハラカの霊符が、それぞれ弾丸を撥ね除ける。

だが、そうしている間にもエンプティたちは喜び勇んで白の女王たちに集い、殺されている──あるいは変化している。

「皆様、ご無事ですか⁉」

無数の苦無が女王と支配者たちの間に打ち込まれた。

「佐賀繰唯……やはりあなただったか」

「はい。……この戦いは、私たちにとっても看過できぬもの。第七領域は一時休業し、私たちはこの戦いに参加します」

「それにしても、良く間に合ったねぇ？」

「――正直な話、手紙を読むより前に第二領域（コクマー）へと向かっていたので」

「どゆこと？」

「ここが決戦場になると、読んでいましたから。……私の姉が、ですが」

「……由梨（ゆうり）ちゃんが？」

佐賀繰由梨、第七領域（ネツァク）の元支配者（ドミニオン）であり、白の女王（クイーン）に寝返り、そして時崎狂三に倒された少女。

「『何かあるとすれば恐らくは第二領域（コクマー）、準備はちゃんと調えておくといいよ』……という遺言がありまして……」

「それ、信頼したのぅ？」

アリアドネの言葉に、唯は少し寂しそうに微笑（ほほえ）んだ。

「『これは遺言。信じるも信じないも唯ちゃん次第だから』という前置きだったので。そう言われると……信じたくなってしまうじゃないですか」

佐賀繰唯は、佐賀繰由梨に作られた絡繰（からく）り仕掛けの人形であり、本人もそれを自覚している。ただ、由梨の作った人形は芸術的なまでに少女だった。少なくとも、一度は裏切った――親愛なる姉の遺言を信じようとする程度には。

「……まあ、現実的に考えて到着してくれたんだからよしとしよう」

真夜はそう言って、佐賀繰唯に視線を移した。

「他、第五領域(ゲブラー)や第六領域(ティファレト)からも援軍が到着する予定ですが、少し時間が掛かります」

「そこまで持ち堪(こた)えれば、勝機も見えてくるかも――」

真夜の言葉を、アリアドネは否定する。

「だーめぇー。その前に、一人でも多くエンプティを倒して、女王の増殖を食い止めないと無理だと思――敵、来る！」

四人の下へ、分身体たちが殺到する。先ほどまでと同様に、弾丸をガードしつつエンプティたちを減らそうとするが、女王の攻撃の圧が次第に増していて、エンプティへの攻撃すら覚束(おぼつか)ない。

分身体による一斉掃射、一斉突撃。それは最早(もはや)、津波や雪崩のようなもので、少女たちは必死に耐え凌(しの)ぐ以外に方法がない。

けれど、先ほどまでとは決定的に違う点が一つ。

輝俐リネムと絆王院瑞葉の歌声が戦場に響き渡っている――ただそれだけだが、それだけで勇気が満ち溢(あふ)れる。女王の分身体は、歌に感銘など受けないのだろう。顔をしかめるだけで、戦いに無意味なリネムたちを襲おうともしない。

第八領域の新人支配者である銃ヶ崎のところへは、分身体たちが押し寄せていた。

だが、彼女は上手く射程距離の間隔を保ち、引いては撃ち、撃っては押すを繰り返して、間断なく援護を続けてくれていた。

「っと、通信！」

ハラカの胸元で、通信用の霊符が震えた。

「歌うためだけに、彼女たちはやってきたのか？　なんて無意味な存在だ……」

呆れたような白の女王本体──即ち、〝将軍〟の呟き。それを聞いて、狂三はくすくすと笑う。

「計算外でして？　あなたの傍若無人を許さない程度に、あなたは怒りを買っていたということですわ。応報、復讐、因果、決意、使命、形は様々ですが──あなたを打倒する、という目的だけは本物でしてよ？」

「有象無象がどれだけいても、有象無象にかわりはない」

「有象無象とは、わたくしたちの周囲にいる雑兵のことでして？」

「おや、それは君にもダメージが回ってくるのでは？　だって君は、分身体だろう？」

白の女王（クイーン）の言葉に、狂三は薄ら笑う。

「積み重ねがありません。わたくしもシスタスも、模造されたその瞬間から、死ぬことを覚悟で、戦い続けてきたのです。不利な戦いを、あるいは圧倒する戦いを、区別することなく、必死で走り抜けたのですわ」

死には有為無為の区別などない。ただ、終わるだけ。戦いに有利不利はあっても、絶対はない。死はいつも、纏（まと）わり付く怨霊（おんりょう）のようなものだ。

「それもなく、無造作に戦場に送り出されたあなたがたは、哀れですわね。無論、そこにはあなたも含まれますわよ、〝将軍（ジェネラル）〟」

「戯（ざ）れ言（ごと）を……！」

この戦いにおいて、始めて〝将軍（ジェネラル）〟が感情を露（あら）わにした瞬間だった。

緋衣響はまず篝卦ハラカに念話（テレパス）を送った。今しがたやってきた援軍——輝俐リネム。響の直感が正しければ、彼女がこの戦いの鍵になるかもしれなかった。

《ハラカさん、ちょっといいですか？》

《あ、ああ。どうした？　今、戦闘中なんで手短によろしくさね》

《輝俐リネムさんに連絡取れます？》

《通信用の霊符は以前渡してあるから、取ろうと思えば取れるけど？　でも、まさかアイツが来るとは思わな……いや来るよなアイツ……反射神経だけで生きてるようなヤツだからな……》

《一〇〇パー来ると思ってましたわたし。いやそれはともかくですね、あの人に一つお願いしたいことがあって。もしかしたら、女王の増殖を食い止められるかもです》

《……詳しく話を聞かせて》

ハラカの声色が変わった。

白の女王（クイーン）が軍刀（サーベル）を振りかざす。受け止めた狂三は、ニタリと笑った。ぞくりと、女王に悪寒（おかん）が走る。

きひひひひ、と不気味な笑声（しょうせい）。

「先ほどからどうしてあまりお使いにならないのかと思っていましたが、あなた――疲れていますわね？　正確には時間と霊力を消費しすぎた」

「……！」

白の女王（クイーン）の顔に一瞬、焦燥が走る。

「【八と蠍の弾（ヘット・アクラヴ）】を作って、更に五体の特殊な分身体を生み出し、すぐにわたくしとの決戦に赴いた。遅れたのは、もったいぶった訳ではなく、本当の本当に限界だった訳ですわね」

「……見抜かれるのは、もう少し後だと思っていたが……援軍のせいで、精神的余裕を与えてしまったか」

狂三の見立て通り、〝将軍(ジェネラル)〟の保持する時間も霊力も、平常より遥かに減っていた。時間が経(た)てば補給できるだろうが、モタついてエンプティたちを撃破される訳にもいかなかった。それでは本末転倒だ。故に、彼女が戦場に参加するタイミングはここしかなかった。

白の女王(クイーン)の分身体の数は既に三〇〇を超えて、四〇〇に届こうとしていた。

そこまで集めれば、狂三に圧(お)し勝てると〝将軍(ジェネラル)〟は踏んでいる。

どれだけ援軍が集ったとしても、四〇〇を超える分身体に勝てる道理はない。

ない、はずなのだが。

《……分かったよ、ひびきん！　今、レッツーがペイント弾を当ててくれたヤツ！　ソイツがひびきんの言っていたヤツだと思う》

白の女王が揺らぐことはなく、もし揺らいだとしてもそれは時崎狂三に関することだと、自己を分析していた。

だが、その念話を聞いた瞬間、確かに〝将軍〟の心臓を射貫くような衝撃が走った。

「な……馬鹿、な……！」

慌てて彼女はペイント弾を撃たれた、という分身体を見た——愕然とする。霊装に黒い、べっとりとしたペイントが付着している彼女は紛れもなく、【八と蠍の弾】の能力を与えた分身体……！

《——ジャックポット。でも、どうして分かりましたの？》

《お、くるみんもお話できるんだ。難しいけど、弾丸の音が彼女だけ違ったの！　他にも二人、違う音を出してた女王がいたから、捜索中！》

「違う——音」

〝将軍〟は衝撃のあまり、言葉も出なかった。

ああ、そうだ。その通りだ。確かに、【八と蠍の弾】は通常の弾丸と音が違う。相手を殺傷するための弾丸と、対象を変化させるための弾丸だ。役割が異なるのだから、当然音も違う。

だが、それだけだ。それだけなのに、際だった差異という訳でもない、ただの発射音の違いを、この戦場で聞き分けた？

――いや、驚愕は後回しだ。今は一刻も早く、輝俐リネムを始末しなくては！

音。音がする。リネムは歌いながら聴覚を拡張し、この戦場で飛び交うあらゆる音を聞き分ける。それは最早、絶対音感というレベルすら超越した、魔人の領域である。

歌うことで音を反射させ、現状存在する全個体を把握。それから、一つ一つの音を脳内で切り分ける。エンプティの音……無垢、騒がしい、纏まりがない、まるでチグハグな混声合唱。これのカットは楽。

白の女王以外の音……時崎狂三、シスタス、緋衣響、その他の音を一つ一つカットしていく。残る音、白の女王の音は大きく分けて四つ。

一つ目……時崎狂三に近い女王の音。あまりに独自性が高く、所作の一つ一つが分身体とは図抜けている。これの切り分けは楽だ。

二つ目……多数たむろしている女王の音。ほとんどが分身体だろう。軍刀で切り結ぶ音がチャキチャキと煩い。

三つ目……これが一番煩わしい音だった。雨あられという感じの銃声、常に一定。どん、どん、と空気を切り裂き空間を軋ませる音。これが、戦場の大部分を占めていた。

だが、四つ目。波濤のような銃声の中に、ほんのわずかだが異なる音が存在する。銃声に似ているが、より禍々しいイメージ。それを〝何か〟が撃っている。撃つ度に、ごぼり、もぞり、というイメージの音と共に変化している。そして、それが終わると――二つ目と三つ目の音が、高らかに鳴り響く。

これだ。

《見つけたレッツー！　アタシの指定したヤツを、マークして！》

《了解。いつでもいける！》

そうして、遂に輝俐リネムは女王の特殊分身体がどこにいるかを暴き立てた。

それに気付いた白の女王の分身体たちは、当然のように輝俐リネムの下へと殺到した。

「わわわ、一杯きてる！」

「瑞葉様、退避を！　さすがにこれは私たちでは対処不可能です！」

SPたちはそう言って、瑞葉を引き戻す。

「え、アタシは⁉」

「そ、そうです。リネム先輩も！」

「いや、アナタを狙っているんですけど！　こちらは巻き込まれる側なんで、そちらはそちらで何とかしてください！」

SPはそう言って、瑞葉を摑むとずるずると強引に引き摺っていく。

「わあい、一〇〇パーセント正論！」

「せんぱ――――い！」

悲しげにぶんぶんと手を振り回す瑞葉を見送り、リネムはとりあえず逃げ出した。

《リネムさん、生きてますかー？》

《ねえ、ひびきん。これに対抗するための作戦ないの⁉　お姉さん、ちょっと死にかけなんだけど！》

《あ、はい。ロンのモチロンね。業界用語だからって何でもかんでも逆にすると分かりにくいよ。》

《？　あ、モチロンのモチあります》

《多分、もう来てると思いますよ。じゃ、わたしも忙しいので！　あ、例の弾丸を撃っているっていうか、作戦あるなら早くして！》

いる女王の特定、残り二人早くお願いします。リネムさんに隣界の未来が懸かっているのでマジで！》

《アタシ、そういうプレッシャーきらい‼》

そう言いながら走っていると、どんと誰かに正面から激突した。わたた、と言いながら倒れかけるが、ぐい、と激突した誰かがリネムの手を引っ張ってくれた。

「あ、ありがとうございま――」

「どういたしまして」

ニヤリと、不敵に笑う軍服の少女。

というか、白の女王（クイーン）の分身体だった。

「ギャー！」

「おや、いい悲鳴だね」「けれど、聞き惚（ほ）れている訳にはいかないか」「君は危険だし」

「今すぐ、処分させてもらう」

古式銃と軍刀（サーベル）を突きつけられ、手を摑まれていては逃げることもできない……摑まれずとも逃げられる可能性は皆無だが。

「ひびきーん！　さっき言ってた作戦って何なの――!?」

――解答。誰かが助けに来てくれる、である。

水銀糸と、霊符と、書物で構成された剣と、トランプと、苦無（クナイ）。

リネムの手を握り締めていた分身体は、集中攻撃を食らって搔（か）き消えた。

「みん、な……」

ああ、なるほど。それはそうだ。彼女たちがいれば、時崎狂三だけに頼らずとも何とかなる。この隣界を統治し、運営し、そして喧嘩したりお喋りしたり分かり合ったり分かり合えなかったりした皆。

アリアドネ・フォックスロット。篝卦ハラカ。雪城真夜。キャルト・ア・ジュエー。そして佐賀繰唯。

「アリガト」

「そんなことよりぃ、とっとと女王を探してねぇ？」

「礼を言う余裕があるなら、頼むからとっとと例のヘンな音を立てる女王とやらを見つけて欲しい。さもないと全滅」

「頑張ってくれ頼むからさぁ！」

「早くしてくれ保たないから！」

「全員必死だ！　いや、そりゃそうだけど！　ちなみに、ここに居るのは全員違くて。さっき音がしたのは、ここから一〇〇メートルくらい離れた場所！」

その言葉に、真夜たちも目を見開く。

「よし、飛ばすねぇ」

「飛ばす？　ん？　行くじゃなくて？」

「そ、飛ばすぅ」

リネムの全身に水銀糸が絡みついた。嫌な予感がする。

リネムの頭に霊符が貼られた。嫌な予感がする。

リネムの腰に真夜とキャルトがしがみついた。とても、とても、嫌な予感がする。

「あの、みんな？　何してんの？　おかしくない？」

「リネム」

「うん」

真夜が顔を覗き込む。この子、相変わらず陶器人形みたいに整ってるな、とリネムは何となく思う。羨ましいなぁこっちは手入れを必死にしてどうにかアイドルっぽさ保ってるのに――――あれ？

「空」

「うん」

「飛んでる」

「飛ばしたからね」

リネムはアイドルらしからぬ悲鳴を上げた。絡みついた水銀糸で勢いよく飛ばしたところを、霊符がブーストをかけたことで、さながらリネムはロケットミサイルの如く吹き飛んだ。

「ぎゃあああああああああああああああああああああああ！」

「悲鳴上げてないで、ほら。一〇〇メートル先ってここらへん？」

「もーうーすーこーしーさーきー！」

悲鳴を上げながらも、きちんと自分の務めは果たすリネムであった。

そして戦争は、また一段階加速していく。

◇

有り得ない、と〝将軍〟は戦場を見渡して嘆く。負けるはずのない戦い、完勝して然るべき戦い。

なのに、それなのに。

なぜか、どうしてか、全てが上手く回らない。歯車に粘着質の糸が絡みつき、全く動けなくなったような感覚。

——ああ、そうか。

「どうなさいました？　手が止まりましてよ」

くすくすと笑う時崎狂三は、この世のものでない妖美さを醸し出している。この少女は、いつだって余裕がある。ある、と見せかけている。

　どれほど窮地に陥ろうが、絶望しようが、心折れそうになろうが、それだけは変わらない。見栄を張って、震えを堪えて、立ち続けている。

　たかだかこの程度で焦る時点で、私には〝将軍〟たる資格がない。

　──ため息。

　ならば、消える頃合いだろう。その前に、絶望の楔は打ち込ませてもらうけれど。

「……我々副人格は、何故存在すると思う？」

「あら、唐突ですわね。ですが、皆様がた反転体の事情など、わたくしには与り知らぬ事柄ですわよ」

「フッ……まあ、そう言うな。私たちは〝上帝〟によって生み出された人格。だが、ただ生み出された訳ではない」

　人格を乖離したくなるほど過酷な状況で生み出されたモノではなく。

　生まれついての精神的な何かという訳でもない。

　〝将軍〟は、あるいは他の人格たちは皆──。

【蠍の弾】の真の力だ。我々は貯蓄電池であり、用途を与えられた人格……三幹部はその余り物の力に過ぎない」

「……最初から最後まで、あなたは一人だったのですわね」

「私たち、かな。私はこの戦いを、最後の好機と捉えて準備した。【八と蠍の弾(ヘット・アクラヴ)】にしてもおまえに対抗するための切り札中の切り札だった。だが……」

認めよう。

時崎狂三(おまえ)の勝利だ。おまえはあらゆる罠(わな)を潜(くぐ)り抜け、戦力差を覆(くつがえ)し、私との戦いに勝利した。

だが――。

「それは、私に対する勝利であって白の女王(クイーン)に対する勝利ではない」

古式銃を頭に突きつける。

時崎狂三が自己強化の弾丸か、と身構えるがそうではない。これは、単なる自殺。自らを殺し、捧(ささ)げ、供物(くもつ)とする〝将軍(ジェネラル)〟にとって最後の一手だ。

「私という人格が死ねば、君が望んだ霊力の枯渇(こかつ)はなかったことになる」

そう言って、女王――〝将軍(ジェネラル)〟は穏やかに笑う。

「さようなら。いや、楽しかったよ。これで勝てれば、もっと楽しかったんだろうがね」

己を撃った。

狂三は動けなかった。何をしたのか分からない、という混乱もあるが……。この先の展開に、予感を抱いたからだ。

来る。

彼女が、来る。たった一度、その声を発しただけでこちらを凍り付かせた、あの少女が。

しばらく、女王は身じろぎもせずに佇んでいた。

「……はぁ」

呼吸を一つ。ただそれだけで、雰囲気が一変した。苛烈な戦場に威風堂々と佇む、あの〝将軍〟の気配ではない。

戦場にはおおよそ似つかわしくない、柔らかな雰囲気の少女が薄い笑みを纏って、そこにいた。

「こんにちは、狂三さん」

——何て、平和に満ちた声。

そこには本来有り得ぬ、幸福を思わせる響きがあった。

故にこそ、狂気が垣間見える。

周囲には敵と味方、殺し合い、嘆き、喜ぶ血風の戦場。だというのに、彼女はごくごく当たり前の場所にいるような声で、挨拶した。

「紗和さん、ですわね」

「んー……そうなのかな？　この見た目でも、そう思ってくれる？」

ぐい、と暗黒に引きずり込まれそうになる。もし、この瞬間に目の前の少女が銃を撃っていたら、ごくごく当たり前のように死んでいた。

だが、目の前の少女──山打紗和を名乗る女王は、はにかむだけだ。

「その雰囲気であれば。……否応なく、そう思いますわよ」

「お互い、変わっちゃったね。ああ、緋衣さん？　生きてるんだ。よかったね。……まあ、わたしにとっては、あまり良くないか」

ため息をつく。

「……攫ったのはあなたでしょうに」

「攫って欲しい、と頼んだのは〝将軍〟だから。わたしは、その願いを叶えただけ。あの子には、ここ最近苦労のかけ通しだったし」

──危険。

ただの、ありふれた会話なのに、背中から冷たい汗が噴き出てくる。その穏やかさが、どうしようもなく狂気的だった。

「……なぜ、ですの」

「うん？　何がなぜ、なのかな？　ここにこうして生きていること？　わたしの目的？　それとも、何もかも全て？」

「全て、ですわね」

何もかも全て、全てが疑問に溢(あふ)れている。

白の女王(クイーン)……山打紗和は、少し考えて言った。

「まあ、そうだね。これが最後の、あなたと過ごせる時間だろうし。いいよ、教えてあげる。何もかも全部」

○それから、山打紗和は

穏やかな海のように、彼女は戦場で語り出す。彼女が口を開くだけで、戦場の喧噪も消えるような感覚があった。

「――わたしは、死んじゃったんだよ。狂三さん」

……その通りだ、と狂三は拳を握り締める。

「あなたじゃないあなた――つまり、本体の狂三さんにわたしは殺されたんだよね」

ひどく、喉が渇いていたのを覚えている。助けを求めて彷徨い、ふらふらと覚束ない足取りで歩いた。

視界、視界が朧気で。全身が痛くて、痛くて、ただただ痛くて。

――あ、狂三さんだ。

話しかけようとして手を伸ばし／彼女は決意を込めた眼差しで紗和を見て
撒き散らされる炎に気付かずに／彼女は驚きつつも華麗に回避して
衝撃が走って、混乱する／彼女は手にした銃で撃ち続けた

「そして、後からわたしのことを知って。狂三さんはどう思った？　これは答えられるよね、もちろん」

「……絶望、しましたわね」

分身体であっても、あの瞬間の絶望はよく覚えている。というよりも、時崎狂三にとって、あの瞬間は絶対的な禁忌であった。何しろもう少しで、自分が反転するところだったのだから。

【四の弾】で強制的に自身を引き戻すという能力なしに、反転体から戻ることはできなかった。

――――待て。

「そうそう。だいぶ分かってきたね。わたしは、ううん、わたしのこの体はあの時、あの姿に反転した瞬間を切り取られた分身体なんだ」

「……おかしいですわ。理屈に合いません」

「そう？　狂三さん本体が使う【八の弾】は過去の自分を模倣するものですよね。一〇〇万、もしかしたら一〇〇万に一つの偶然かもですけど」

生み出されることがあるかもしれない。

あの時、あの瞬間の過去を模倣されたのであれば。

そして、時崎狂三は思考する。

【八の弾（ヘット）】で生み出された反転体を、本体はどう考えただろう。

まず間違いなく、即座に殺したはずだ。彼女の意に沿わないどころか破壊を撒き散らす怪物に成り果てることは、推測するまでもない。

一〇〇〇万に一つの偶然で生み出された少女を、時崎狂三（ほんたい）は迷うことなく殺害しただろう。そして、影の中に落とした。

かつて七夕の時に、時崎狂三（じぶん）がそうされたように。だけど、あの影には『穴』がある。

だから時崎狂三（わたくし）やシスタス（わたくし）と同様に、隣界に落ちてきたのだろう。

「一〇〇〇万に一つの偶然と、一〇〇〇万に一つの偶然が重なり合ったの。わたしと反転体は、同じ瞬間に同じ場所に落ちてきた。狂三さんに引き寄せられたのかなぁ、やっぱり」

そうして、隣界に二人の少女が落ちてきた。

再会は偶然で、劇的だった。

「魂だけになったわたしと、肉体だけの彼女（あなた）」

白の女王（クィーン）——山打紗和はそう言って、屈託のない笑みを浮かべた。

――わたしは狂三（かのじょ）さんが憎くて。

――彼女は時崎狂三（あなた）が憎くて。

「だから契約を結んだの、わたしたちは。魂は山打紗和（私）、肉体は反転した時崎狂三（わたくし）。そして生まれたのが白の女王――クイーン、という訳」

彼女たちは結びついた。共犯者として結びつき、魂と肉体は結合した。生誕した少女は、最初に泣き叫んだ。泣いて、叫んで、そうして――全てを、恨んで蘇（よみがえ）った。

ため息。

それまでの手がかりを積み重ねていけば、必然的に辿（たど）り着ける真相だった。でも、けれど。自分はどうしても、この結論に辿り着きたくなかった。

残酷で、運命的で、劇的で、陰惨極まる結論だ。スタート地点からして、既に彼女は道を間違えているし、彼女もそれを承知の上で狂っている。

「……わたくしへの恨みと、隣界（りんかい）は別物ではありませんの？」

「違うよ。そもそもこんな世界がある方が悪いんだから。生きていることに感謝すると思った？　わたしにあるのは、生きていることへの恨みと使命感だけ」

狂三の指摘を、紗和は否定した。

彼女は隣界の破壊を肯定する。こんな世界があることそのものが邪悪だと、そう断言している。

「滅ぼしてどうするおつもりですの？」

「わたしはどうでもいいけれど。わたしの体は、王様を求めているの」

……ほう、と狂三は息を吐いた。王様という言葉を耳にした瞬間、その場の空気に殺意が満ちた。この状況で、王様という単語がどういう意味を示すかは明白だ。

「この世界を蹂躙し、全てを犠牲にして王様を出迎える。世界を滅ぼすのだから、新しい世界が欲しいよね、やっぱり」

「アダムとイヴにでもなるおつもりですか？」

狂三の言葉に、紗和は妖艶な笑みを浮かべて言葉を返す。

「——いけないこと？」

「両方とも論外ですわね。たとえ紗和さんでも——いえ、紗和さんだから。許してはいけない一線があります」

そう、と紗和は息と殺意を同時に吐いた。殺意と殺意が交錯する。狂三の殺意も、紗和の殺意も共に同等。

「うん、わたしたちは分かり合えないとハッキリした。じゃ、殺し合おうか」

ぱあん、と紗和が手を叩く。

こくり、と狂三が首肯する。

気付けば、周囲一帯は空白だった。先ほどまで隙あらば攻撃を仕掛けようと策していた白の女王の分身体たちは消え失せている。

無人の空白地域。そこで、悪夢と女王が対峙していた。

「――〈刻々帝〉」

「――〈狂々帝〉」

二つの時計が、彼女たちの背中から出現する。女王は笑い、悪夢は目を閉じて、刹那の回想に浸る。

さあ、山打紗和と築いた他愛のなく大切な思い出全てを捨て去ろう。どちらも、本当の時崎狂三ではなく、山打紗和ではないけれど。

この胸に抱いた――憎悪は／愛情は、間違いじゃないのだから！

吼えたのは狂三で、狂笑したのは紗和。銃撃と剣戟が絡まり、もつれ合う。

――そして隣界もまた、一つの臨界点を迎えつつあった。

隣界はある精霊の誕生と共に生み出された人工の世界。

喩(たと)えるならば、彼女の見続けている夢のようなものだ。準精霊たちは、時崎狂三も含めて、全てその世界に辿り着いた迷い子に過ぎない。

で、あれば。

彼女が夢から覚めれば、当然のようにその世界は――。

彼方(現実)の世界において、一つの戦いがあった。

一人は天使を、一人は魔王を携えて。その大いなる力を行使した。

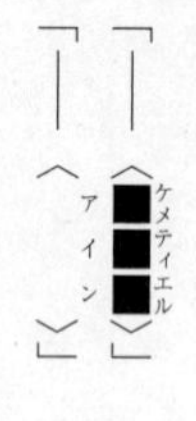

「――〈■■■(ケメティエル)〉」

「――〈アイン〉」

そして、微睡(まどろ)みは終わった。

かくして夢は覚めて、隣界(せかい)は壊れていく。

一人の少女の旅と戦いも、一人の少女の祈りと夢も……何もかも全てが。

○あとがき（※ネタバレありますよ）

世界が激変してもう一年近くになります。大変なことになりましたね。いやはや。とはいえ、作家の作業はどこでもいつでもできるのが強みなので、運動不足以外はどうにかなっています、東出です。

という訳で、とうとうここに辿り着きました。ＶＳ白の女王、最終決戦です。「デート・ア・ライブ」三巻の時もつくづく思いましたが、敵に回ると「ほぼ無限に増殖してや弱体化しつつも似たような能力を行使し、死んでも全然平気で立ち向かってくる」というのは本当に厄介だな！

前巻最後の最後でお披露目された、女王の人格……魂について。こちらに関しては本編原作者である橘公司先生と「ただの反転体だと、しっくりこない」「山打紗和はどうか」「彼女が絡むことでドラマが複雑になりそう」「しかし、反転のきっかけともいえる少女ですし」……とまあ、喧々諤々の議論の末に「……いける！」と決定。

かくして女王は戴冠し、隣界を蹂躙すべく動き出すのでした。

そしてその一方、本編と時間軸が遂にリンクを始めます。はい、原作に書かれている通りです。

期間限定の天国であった隣界が、次の巻でどうなるのか。

緋衣響は、支配者たちは、そして時崎狂三は、何をどう選択するのか。

そこは次巻を楽しみにお待ちくださいませ。


そして、はい。

恐らく、これが発売する頃には既に上映開始していると思います。

アニメ版「デート・ア・バレット　ナイトメア・オア・クイーン」、です！

前後編のため、一巻をベースにしつつもほぼ一から構成し直したため、少々変則的ですが、原作のテイストをご理解いただいたアニメスタッフ様のお陰で、「デート・ア・バレット」原作が持つ不思議な雰囲気は再現できたかと思います。

ゆらゆらと揺れるは乙女心とあやふやな世界。どうぞお楽しみいただければと思います。


編集さん、イラストレーターのNOCOさん、そして本編作者であり監修もしていただいている橘公司先生、いつもありがとうございます。
次回、最終巻。時崎狂三と緋衣響の旅の終わり、どうぞ見届けてくださいませ。

東出　祐一郎（ゆういちろう）

お便りはこちらまで

〒一〇二―八一七七
ファンタジア文庫編集部気付
東出祐一郎（様）宛
橘公司（様）宛
NOCO（様）宛

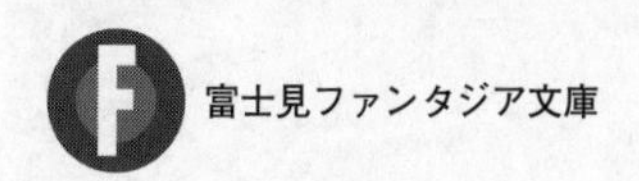

デート・ア・ライブ　フラグメント

デート・ア・バレット７

令和２年11月20日　初版発行

著者――東出祐一郎（ひがしでゆういちろう）

原案・監修――橘　公司（たちばな　こうし）

発行者――青柳昌行

発　行――株式会社KADOKAWA
〒102-8177
東京都千代田区富士見2-13-3
0570-002-301（ナビダイヤル）

印刷所――株式会社暁印刷

製本所――株式会社ビルディング・ブックセンター

ISBN978-4-04-073779-9 C0193

世界を殺す少女を止める方法は――
デートして、デレさせること!?
ファンタジア文庫

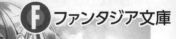

細音啓が紡ぐ新たなるヒロイックファンタジー
細音啓
イラスト
猫鍋蒼
キミと僕の最後の戦場、あるいは世界が始まる聖戦
the War ends the world / raises the world
アリスリーゼ
帝国と対立しているネビュリス皇庁の第２王女で強力な氷の星霊を使う「氷禍の魔女」
至高の魔
敵対する

世界最強の

"不可能任務"に挑む少女たちの
痛快スパイファンタジー！

スパイ教室

竹町
illustration
トマリ